Blitzlichter (m)eines Lebens

oder

Lachen macht das Leben bunter

Danke ...

... an meine Eltern, die mich so erzogen haben, dass Humor immer untrennbar zu mir und meinem Leben gehört – die mir beigebracht haben, um wie viel bunter die Welt mit einem Lachen ist!

... meinen Söhnen, die mir gezeigt haben, dass, mit noch mehr Bereitschaft zum Lachen vieles erträglicher wird!

... meinem allerbesten Freund „liontari", der mein Lachen auch dann noch förderte, als es schon verdammt schwer war, noch etwas zum Lachen zu finden!

Claudia Neusiedler

Blitzlichter (m)eines Lebens

oder

Lachen macht das Leben bunter

Die Deutsche Nationalbibliothek verzeichnet diese Publikation in der Deutschen Nationalbibliografie; detaillierte bibliografische Daten sind im Internet über http://dnb.dnb.de abrufbar.

Herstellung und Verlag: BoD – Books on Demand Norderstedt
ISBN: 978-3-**8482-3026-6**

Beinahe alle erzählten Situationen habe ich selbst erlebt, es ist allerdings durchaus möglich, dass ich in der Erinnerung das eine oder andere Licht etwas heller oder bunter habe leuchten lassen, aber ich hoffe, das sei mir verziehen.

Und wenn man beim Lesen einmal gelächelt hat, oder sogar mehrmals – dann hat sich das Schreiben allemal gelohnt.

Natürlich gab es in meinem Leben auch ganz andere Seiten – doch das ist ein anderes und eigenes Thema, das man an anderer Stelle für sich niederschreiben sollte.

Alle Namen von Personen wurden geändert, oder abgekürzt!

Falls Du Dich also beim Lesen der Zeilen an irgendeiner Stelle wiedererkannt hast, und Dich das freut – Super – ja, genau Dich meinte ich!

Falls Du Dich aber beim Lesen der Zeilen an irgendeiner Stelle wiedererkannt hast, und Dich das nicht freut – Irrtum – Du warst ohnehin nicht gemeint!

Als eines von vier Kindern, wohnhaft in einem achtstöckigen Gemeindebau – mitten in Wien (das selbstverständlich mein Nabel der Welt war und auch recht lange fast ausschließlich blieb) – war meine Kinderzeit als jüngstes Kind und Nachzüglerin nicht annähernd so komfortabel und toll, wie meine Geschwister das noch heute anzunehmen scheinen.

Übrigens sind meine Geschwister immer sehr rapide gealtert. An einem Tag waren sie. 19, 18 und 16, und ein andermal plötzlich 23, 22 und 20 Jahre alt, manchmal waren sie auch „alle zwischen 20 und 30", die Geburtsjahre konnte ich mir ewig nicht merken, aber den Altersunterschied schon. Und, dass ich weit jünger war, was sich angenehmerweise, je älter man wird irgendwie relativiert, ja beinahe anzugleichen scheint. Natürlich bin ich immer noch die Jüngste, aber nicht mehr so viel jünger! Von nur fünf Menschen weiß ich aus dem Kopf das exakte Geburtsdatum – meinen Eltern und meinen Söhnen – (sehr sinnig, zwei davon leben nicht mehr und erwarten deshalb auch keine Glückwünsche, aber DIE Daten merke ich mir) und mein Bruder– das gilt allerdings nicht als merken, denn er hat am Hl. Abend Geburtstag, DEN merkt sich ja nun wirklich jeder. Ich gratuliere auch den meisten Menschen gar nicht – zum Glück erwarten es viele auch nicht mehr, manche davon sind aber darüber nicht sehr erfreut.

Klar hatte ich auch gewisse Vorteile, besonders da meine älteren Geschwister innerhalb von nur etwa vier Jahren geboren wurden und es da sicherlich mehr Kämpfe gab, als angenehm waren – andererseits hatte ich mit sieben Jahren Altersunterschied zur nächstältesten Schwester nicht gerade das unkomplizierteste Leben gepachtet.

Mal abgesehen davon, dass meine Mutter der festen Überzeugung war, dass alle Regeln die schon beim ersten Kind aktuell waren, auch beim letzten Kind zu gelten haben …

Man stelle sich vor, in den späten 60er und den 70er Jahren von drei Geschwistern Kleidung zu erben und aufzutragen! Prickelnd, kann ich da nur sagen!!!

Als die ersten Mitschüler schon lange Jeans trugen, war ich noch umhüllt von einem Strickkleidchen, das in den frühen 60ern noch hochmodern war, ich sah eher aus, als wäre ich aus einem Doris Day Film geplumpst.

Meine Mutter war eine echte Künstlerin was Stricken und Häkeln anbelangt, und damals war so eine besondere Wolle hochmodern, die alle paar Zentimeter die Farbe wechselte, dadurch entstanden bizarre Muster auf den jeweiligen Kunstwerken (kürzlich gesehen – so eine Art Wolle ist derzeit wieder modern!).

Jedes von uns Kindern besaß mindestens eine Weste und einen Pulli aus dieser Wolle – alle in derselben Farbe was sicher nicht nur mich ganz besonders glücklich machte! – und wurde einem von uns ein Stück zu klein, wurde sofort aufgetrennt und neu gestrickt.

Es war fast meine ganze Kindheit lang immer wieder eine familiäre abendliche Prozedur – auftrennen und neu aufwickeln – und von meiner ältesten Schwester über Bruder, zweite Schwester und mich bis zu meiner Lieblingspuppe – Sabine, (von ihr erfährt man später mehr) etwa in der Größe eines drei- bis vierjährigen Kindes – waren wir alle in exakt dieselbe Wolle gehüllt, gefühlte zwanzig Jahre lang.

Das abendliche Auftrennen war zeitweise sehr praktisch, denn davor durfte man sich nicht drücken, und wenn im Fernsehen etwas lief, das man unbedingt sehen wollte, wurden Hände und Arme sehr schwer, wodurch man länger aufbleiben konnte. Und meine selige Mama vergaß oft genug mich als Kleinste rechtzeitig ins Bett zu schicken – so sah ich meine erste Columbo-Folge sehr viel früher, als von meinen Eltern gewollt.

Als wir alle nicht mehr Willens waren, die Westen zu tragen, wurde daraus eine Mutterweste, die noch in Mutters Besitz war, als sie in den 90er Jahren verstarb. Das spricht eigentlich für die Qualität dieser Wolle – aus heutiger Sicht ist es schier unglaublich, in welchem Zeitraffer daraus immer wieder neue Kleidungsstücke für zumindest vier Kinder, ein bis zwei Puppen, einen Teddy und, ab und an, für meine Eltern entstanden und unzählige Waschgänge überlebten, ohne später jemals alt oder gar schmuddelig auszusehen!

Wir alle vier hatten unsere gesamte Kindheit immer Pullis und Westen in den aufwändigsten Mustern und tollsten Farben, die meine Mutter erzeugt hatte, und die wir alle, denke ich, erst als Erwachsene zu schätzen lernten, was Mutter leider nicht mehr erfuhr – heute jedoch wären sicher einige Leute hocherfreut über diese Schätze.

Jedenfalls hatten meine Schwestern in den 60ern meist gehäkelte Minikleider an, für die man 30 Jahre später Unsummen auszugeben bereit gewesen wäre – OK nicht ich, da meine Figur das nicht wirklich erlaubte – aber die Fotos davon zaubern mir noch heute ein Lächeln ins Gesicht.

An unserer Kleidung erkannte man auch immer, welche Farben meiner Mutter gerade gefielen und die Kombinationen erforderten manchmal beinahe eine Sonnenbrille – vor allem in der orange-grünen Phase, die sich keineswegs nur auf Kleidung beschränkte, auch Bettwäsche, Geschirr und Tapeten waren in den 70ern davon schwer betroffen.

Der Vorteil daran ist, die Fotos aus dieser Zeit kann Jeder zeitlich gut zuordnen, oder gibt es wirklich Menschen, die diese Zeit ohne übergroße grüne und orangefarbene Kringel überstanden? Manchmal mit beige braun kombiniert, doch alle sehr ähnlich und unverwechselbar!

Als sechsköpfige Familie im siebenten Stockwerk war man besonders bei darunter wohnenden Personen extrem beliebt. Die Familie unter uns, die ebenfalls drei Kinder beherbergte, hatte die exakt selben Erfahrungen wie wir: der Untere regt sich sicherheitshalber auf – ob das die Erklärung ist, dass alle untereinander liegenden Wohnungen an kinderreiche Familien vermietet wurden (??).

Ganz oben, also über uns wohnte ein Ehepaar mit einem Einzelkind – ob sich die jemals bewusst machten wie gut sie es da oben hatten?

Egal – jedenfalls erinnere ich mich, dass die Mutter der Familie unter uns sich immer bei meinen Eltern beschwerte, dass bei ihnen die Birnen immer kaputtgingen, wenn wir oben zu laut *auf trampelten* – selbstverständlich meinte sie Glühbirnen. Ich aber habe Zeiten meiner Kindheit das arme Mädchen unter mir, das etwa in meinem Alter war, dafür bemitleidet dass sie ständig abgefallene Birnen essen musste, die bei ihnen einfach so an der Decke wuchsen. Erst mit etwa sechs oder sieben Jahren begriff ich, natürlich unter extremem Gelächter beider Familien, dass ich da etwas falsch verstanden hatte …

Da meine Geschwister mit dieser Kleinen recht wenig anzufangen wussten, und sich nur wirklich länger mit mir beschäftigten, wenn sie dazu von meinen Eltern genötigt wurden, war ich bis zu einem gewissen Grad alleine, klingt seltsam, war aber wirklich so.

Also habe ich bis zu meiner Schulzeit mit der bereits erwähnten Sabine gesprochen, Wichtiges und auch absoluten Quatsch, sie war der stiller Zeuge all meiner Kindheitsträume, meiner Ängste und Wünsche (und nicht zu vergessen, sie war fast immer im Partnerlook mit mir gekleidet☺).

Sie erfuhr alles, lange bevor irgendjemand ahnte, was in mir vorging – und das war vor allem deshalb so besonders, weil ich mein Herz immer schon auf der Zunge trug.

Erst mit etwa 16 oder 17 Jahren schaffte ich es, wichtigen Menschen in meinem Umfeld NICHT schon VOR Weihnachten (Geburtstag, etc.) alle Paketinhalte zu verraten.

Lästig aber konsequent habe ich die Gespräche immer so hingebogen, dass alle schon früher erfuhren, was sie bekommen würden.

Kein Wunder, dass ich kein guter Geheimnisträger war!

Da ich meine kleine Welt aber zuerst immer mit Sabine ins Reine brachte, wurde ich sehr lange vor allem von meinen Geschwistern belächelt, da ich – ihrer Meinung nach – immer mit mir selbst sprach.

Einmal belauschte ich, was in einer grundsätzlich nicht gerade leisen Familie keine große Kunst ist, ein Gespräch meiner Schwestern, in dem sie vermuteten, ich sei nicht ganz normal und das könnte eventuell daran liegen, dass ich adoptiert sei.

Wochenlang zerfraß mich diese Vorstellung, meine Eltern hätten mich nur *aufgenommen*, weil meine richtige Mutti mich nicht haben wollte! Ich weinte viel und das machte mich erst recht zum momentanen Außenseiter. Erst als mein Vater mich auf dem Balkon zur Seite nahm und mich scharf ansprach, was denn nur los sei, erzählte ich ihm schluchzend von meinem Kummer. Er brach in schallendes Gelächter aus (danke Papa – sehr hilfreich) und erzählte mir dann das erste Geheimnis, das ich bis zum Erwachsenenalter für mich behalten habe. Meine Schwester, die diese Behauptung aufgestellt hatte, war schlicht und ergreifend sauer auf die kleine Schwester, die in ihren Augen, den ihr angestammter Platz als Nesthäkchen eingenommen hatte. Sie wollte einfach nicht einsehen, dass sie nicht mehr die Jüngste von uns war.

Als ich schon über 30 Jahre alt war, hat meine Schwester von sich aus erzählt, wie sehr ihr das kleine Schreibbündel, und das später pausenlos quasselnde Schwesterchen auf die Nerven gegangen war, und sie mich am liebsten *zurückgeschickt* hätte (Zur Freude meines Vaters – DAS funktioniert glücklicherweise nicht! ☺).

Eines hassten all meine Geschwister besonders an mir - das Geburtstagsessen. Jeder durfte sich für den eigenen Geburtstag das Essen wünschen, ungeachtet der Arbeit oder des Preises.

Kartoffelgulasch, solange meine Mutter lebte zu jedem Geburtstag, an den ich mich erinnern kann, Kartoffelgulasch, nicht ein einziges Mal etwas anderes. Meine Geschwister mochten das nicht sehr, und – es war auch nichts Besonderes, das gab es auch ohne Anlass immer wieder mal. Mein Bruder versuchte es sogar mit Bestechung, er würde mir Süßigkeiten kaufen, falls ich mir zum Beispiel Spieße oder ein Fondue (und das gab's wirklich nur einmal im Jahr) wünschen würde. Ich schnabulierte die Süßigkeiten, und es gab – logisch – Kartoffelgulasch und lange Gesichter bei meinen Geschwistern.

Da half kein Maulen, da mussten sie all die Jahre durch! Oft habe ich, nachdem Mutter nicht mehr lebte, Kartoffelgulasch gegessen, und oft schmeckte es auch gut, aber SO wie das von meiner Mama, war nie wieder ein Kartoffelgulasch.

Unbedingt wollte ich lesen lernen – die unzähligen Bücher meines Vaters übten eine Anziehungskraft auf mich aus, die geradezu an Besessenheit grenzte.

Schon lange bevor ich lesen konnte, kannte ich die Familienregel zu den Büchern, in welchem Regal die jeweils erlaubten Bücher standen.

Manche waren grundsätzlich erlaubt, andere hatten Papas 12 Jahre Stempel eingeprägt, (natürlich nur symbolisch! Die Bücher waren in Altersgruppen sortiert worden) andere 14, 16 und die besonderen Bücher ganz, ganz oben waren nur für Erwachsene gedacht.

Noch heute frage ich mich nach welchen Kriterien mein Vater damals wohl vorging, denn H. Robbins ab 12 zu gestatten, war in den 70er Jahren schon mutig (es half aber deutlich bei der Aufklärung und der Erfahrung, dass es weit mehr gibt als nur Menschen die sich lieben und recht unschuldig in 2-3 Positionen vermehren), wohingegen so mancher harmlose Roman zu den Erwachsenenbüchern gestellt wurde und wir alle 4 uns wahre Wunder in manchem Buch erhofften, die dann nicht annähernd in Erfüllung gingen. (ich erinnere mich da besonders an „Die Playboys“ – verglichen mit H. Robbins war das geradezu Kinderkram☐).

Allerdings durfte ich (Irrtum Papa??) bereits mit 10 Jahren ein Buch lesen, das mich wirklich berührt, verängstigt und entsetzt hat. Damals schlief ich wochenlang sehr schlecht.

H.M. Mons/Monsieur de Paris

Die (wahre) Geschichte von Charles Henri Sanson, der ohne es gewollt zu haben, zum Henker von Paris gemacht wurde. In unglaublicher Wortvielfalt wurden in diesem Buch sowohl Hinrichtungen als auch die furchtbaren seelischen Qualen dieses Mannes aufbereitet.

Das Wissen um die Wahrheit dieser „Geschichte“ machte das Lesen noch furchtbarer, doch das Buch wegzulegen wäre noch schlimmer gewesen, 510 Seiten lang schlitterte ich durch diesen Roman, der mir klarmachte, dass diese bescheidene, aber heile Welt in der ich lebte, auf demselben Planeten stattfand wie das Leben, das in diesem Buch so wortreich beschrieben war – wenn auch nicht zur selben Zeit.

Noch heute geht es mir bei Romanen und Filmen oft so, dass ein Thema mich viel mehr aufwühlt und berührt, wenn ich weiß, dass es eine wahre Geschichte ist.

Hatte ich davor gerne gelesen, so wurde es danach zu einer Sucht. Diese Sucht verlangte nach ununterbrochenen neuen Eindrücken, neuen Quellen. Viel mehr als meine Eltern mir hätten bieten können, und so landete ich schnell in einer öffentlich Bücherei, von der ich wöchentlich 3-5 Bücher heim schleppte und so eine ständige Reise begann. Ob Winnetou oder Susanne Barden, mittelalterliche Damen oder Elfen und Trolle, sie machten mein Leben so bunt und heiter, noch heute bin ich sicher, dass die Freude am Lesen besonders durch dieses eigentlich furchtbare, und für eine relativ behütete Zehnjährige ganz und gar nicht geeignete Buch so stark wurde.

Für eine heute Zehnjährige gilt das vermutlich ebenso, aber wir waren damals noch um so vieles mehr Kind, als Kinder das heute sind. Zwei TV Sender und die Zensur der Eltern waren vermutlich wenig dazu geeignet, mich darauf vorzubereiten, ganz im Gegensatz zur heutigen Informationsvielfalt der Kids – empfehlen würde ich persönlich es dennoch nicht für Kinder in diesem Alter!

Ich hatte begriffen, dass die Welt so viel mehr zu bieten hatte, als ich mir auch nur annähernd vorstellen konnte und ich verschlang alles, was man mir erlaubte.

Vielleicht sollte ich erwähnen, dass meine Prioritäten dahingehend recht eigen waren, denn als ich in der Grundschule lesen gelernt hatte und man uns mitteilte, dass wir nun alle Buchstaben und ihre Kombinationen kannten und somit lesen und schreiben konnten, stand ich auf, packte meine Schultasche und wollte mich freundlich verabschieden und gehen.

Denn, das was mir wichtig schien war erledigt – ich konnte nun lesen und wollte nicht einsehen, dass ich die Schule noch weiter zu besuchen hatte, wie sinnlos, denn was ich wollte, konnte ich doch nun!!!

Man blieb hartnäckig dabei, ich musste weiter zur Schule.

Meine Grundschullehrerin war von meinen Aufsätzen begeistert, ja sie wurden wie einige andere auch in den Stunden vorgelesen, ab und an bekam ich sogar ein *Sternderl* in Gold von der Frau Direktor (das war die höchste Auszeichnung damals, und so ein kleiner goldener Sticker machte meine Welt so dermaßen schön).

Das furchtbare waren jedoch meine schier endlosen Sätze, die manchmal über mehr als eine Seite gingen. Oft musste man den Anfang noch mal lesen um zu begreifen, wie weit Gedanken in einem Satz abzuschweifen in der Lage sind, und wohin der Satz letztendlich führen sollte. Böse Zungen meinen das sei auch heute noch mein großes Problem – das bestreite ich vehement, denn die größte Schwierigkeit sind Beistriche!!

Die kommen auch heute noch dahin, wo sie mir optisch gut gefallen und hinpassen. Niemals konnte mir jemand wirklich beibringen, wohin die Kommas gehören.

Dieses Manko bewirkte, dass ich meist den gesamten Aufsatz als Verbesserung, komplett noch einmal schreiben musste. Jedes Mal schwor ich mir, aus diesem Grund nur noch ganz kurze Sätze zu schreiben.

☺ Das klappt heute noch nicht, wie man merkt …

Ob ein Mail an Bekannte oder eine Einkaufsliste mit Anmerkungen, die außer mir kaum jemand als das was sie sind sieht – nämlich wichtige und wertvolle Hinweise, kurz geht gar nicht gut. Und ohne Klammern und die obligatorischen 3 Punkte wäre ich ohnehin aufgeschmissen!

Und die Angewohnheit, auf Interpunktionen im Internet und auch in privaten Mails zu verzichten (eigentlich eine Unart), die könnte ich persönlich erfunden haben.

Wie sehr viele Kinder, die spätere Nachzügler von nicht ganz jungen Eltern sind und Geschwister mit größerem Altersunterschied als Normalität erleben, wuchs auch ich, mit für mich eigentlich falscher Musik auf. Mit Musik, die meine Mutter liebte oder aber die Musik, die meine älteren Geschwister hörten, welche damals natürlich die uneingeschränkte Macht über das einzige Radio, das nicht in der Küche stand, hatten.

In unserem Haushalt gab es sehr lange zwei Radiorecorder, damals noch ohne Pausetaste.

Ich denke viele Leute in meinem Alter kennen noch diese wilden Aufnahmen aus der damaligen Zeit.

Man hatte sich im dunklen Zimmer (es war ja immerhin Schlafenszeit) mühsamst durch *Musik zum Träumen* gekämpft, die immer wieder die Augen niederzwang, und man ohne zu wollen, doch einschlief. Und dann kam das allerwichtigste *Hit wähl mit* die Sendung die uns Jugendliche am meisten zu interessieren hatte. Die neuesten Hits. (Wie bedenklich ist es eigentlich, dass man 35 Jahre später die Titelmelodie mit der Telefonnummer „656731 - Hit wähl mit" immer noch fest im Kopf hat, aber sich nicht wirklich sicher ist, ob das DIE Sendung in der Nacht war?)

Sollte man es also geschafft haben wach zu bleiben, wanderten die Finger also zur Recordtaste und zur Playtaste – super wenn die Koordination nicht so toll klappte, weil man schon recht müde war und die beiden nicht exakt gleichzeitig drückte, nahm das Ding natürlich nicht auf, sondern ging auf Play!

Dazu kam noch, dass die Moderatoren damals nie ein Lied ausspielen ließen, somit hatte man meist nicht nur ein kreischendes Geräusch, sondern auch noch ungewollte Wortfetzen auf der Kassette, aber egal – echte Musikfreunde konnte das doch nicht abhalten!!!

Wenn es also passierte, dass meine Mutter mir mal für eine Sendung erlaubte, ihr Gerät in der Küche zur Aufnahme zu verwenden (ich war ja sooo arm als jüngstes der Kinder und somit musste man mir auch mal eine Chance geben), dann kam es des Öfteren vor, dass ich anschließend vergaß, das Band aus dem Gerät zu nehmen, was meine Mutter nie hinderte ihre Musikliebe damit zu krönen, schnell mal aus dem Wunschkonzert ein oder zwei Titel aufzunehmen.

Das konnte bedeuten: Quieeetschhh Knock on Wood... mittendrin Quieeetschhh diesen Titel schickt Frau XY an ihr Hasi, das jetzt noch im Dienst ist mit 1000 Bussi deine Elfi... Tanze mit mir in den Morgen tanze mit mir in das Glüüücckk Quieeetschhh... der neue Hit von Boney M. auf den wir gewartet haben... Rivers of Babylon... nach wenigen Textzeilen Quieeetschhh, für die Omi aus Süßenbrunn wünsch ich mir heute... Quieeetschhh Rivers of Babylon (hatte Muttern hier bemerkt, dass sie meine Kassette zerstörte oder ging ihr die Kinderstimme nur auch durch Mark und Bein?) wieder Boney M., danach ein mehrfaches Quieeetschhh und Rudolf Schock trällerte ein mir unbekanntes Lied für seine Liebste.

Wenn ich meine Mutter darauf ansprach, lachte sie meist fröhlich und legte meine vorbereiteten verbalen Waffen mit einem grinsenden: „Ist es nicht schön, dass wir ein gemeinsames Hobby in der Musik haben?" lahm.

Zu einem Geburtstag wünschte ich mir nichts sehnlicher als eine Schallplatte: Disco Fever, das habe ich unauffällig auffällig jedem auf die Nase gebunden, wochenlang schwärmte ich davon, konnte manche der Titel schon auswendig, und zitterte vor Freude, als das Paket meiner Geschwister deutlich zeigte, dass darin eine LP enthalten war. Beinahe ekstatisch vor Aufregung öffnete ich das Paket ... meine Mutter hat immer gepredigt, man sollte jedes Geschenk mit Freude annehmen, und starrte mit Entsetzen die darin enthaltene Schallplatte an. Wie, um Himmels Willen, sollte ich mich über Kinderlieder von Daliah Lavi freuen!!?? Welcher Teufel hatte meine Geschwister da geritten, und ich musste sie „hocherfreut" an diesem Tag zweimal komplett abspielen (danke Mama) und so tun, als freute ich mich unbändig darüber. War unter meinen Geschwistern ein gewisser Sadismus ausgebrochen? Rache für zig Jahre Kartoffelgulasch?

Sehr bald merkte ich, dass mir einzelne moderne Titel schon ganz gut gefielen (wer kam schon an ABBA oder BONEY M. vorbei in dieser Zeit, oder an SWEET, ACDC und KISS), aber tief drin wuchs meine Vorliebe zu Oldies, jener Musik die man später in unzähligen Wiederholungen der legendären *Eis am Stiel Filme* auf und ab hörte. Schlager, und jede Menge Boogie und Rock'n Roll wurden meine Favoriten.

Da ich zwischenzeitlich sogar meiner Schwester als Herr zum Üben der in der Tanzschule erlernten Künste diente, konnte ich bereits mit 10 Jahren Cha Cha Cha tanzen (nicht, dass mir das damals auch nur das Geringste gebracht hätte, aber was man kann – das kann man ...)

Danke auch hier: es war später ein Drama für mich, die Damenschritte bei einigen Tänzen zu lernen, und was den Cha Cha Cha betrifft – jahrelang hatte ich als Mädchen das Gefühl alles falschherum zu machen, und mein allererster Freund hat wohl auch erst Jahre später begriffen, dass er monatelang als Dame mit mir getanzt hat (anders kannte ich es ja nicht).

Oldies und Musik, zu der man zu zweit tanzen konnte (damals also eigentlich ziemlich unmodern und altmodisch), das gefiel mir. Ich hatte neben dem Lesen meine zweite große Leidenschaft gefunden. Zwar war es nur selten aktuelle Musik, aber es war lebendige Musik, die man bis in die Zehenspitzen spürte, ob langsam oder schnell, es war herrlich. Ich war in meinem ganzen Leben keine 5-mal in einer Diskothek, obwohl die Disco-Ära meine Jugendzeit beherrschte, aber ich ging bereits mit 15 Jahren wöchentlich in einem Tanzclub, zusätzlich in die Tanzschule, und viele Jahre in ein Boogielokal.

Diese Liebe ist mir geblieben, klar auch heute gefallen mir immer wieder moderne Titel, aber die ganz große Liebe zur Musik ist irgendwie in einer Zeit vor der meinigen steckengeblieben. Und wenn man meine Musiksammlung heute ansieht, hat man eher das Gefühl, dass dieses Durcheinander an Musikrichtungen sicher nicht nur einer Person gefällt/gehört, und schon gar nicht einer Frau meiner Generation.

Als Frau, die leidenschaftlich gerne tanzte und ihre Liebe in einem absoluten Nichttänzer, nämlich meinem Vater, gefunden hatte, war es meiner Mutter wichtig, dass wir alle die Liebe zur Musik und zum Tanz erlebten und erlernten. Eines der wenigen Dinge, das bei uns allen funktioniert hat. Nicht, dass wir Mädchen es auch geschafft hätten, Tänzer zu ehelichen, – nein ... soooweit ging's wieder nicht – aber wir haben unsere Männer ähnlich erbarmungslos über Tanzflächen geschoben, wie unsere Mutter es auch meinem Vater antat.

Nicht entgehen konnte man als Jugendlicher dieser Zeit dem österreichischen Liedgut, sprich dem Austropop. Mit tausenden fröhlichen jungen Menschen in die Stadthalle gepfercht, grölten wir zu Liedern von W. Ambros, L. Hirsch, R. Fendrich und G. Danzer ebenso wie zu den schnulzigeren (das ist NICHT abwertend gemeint!) Hits von P. Cornelius. Alles was herausfordernde Texte und provokante Zeilen enthielt, wurde besonders aufgesaugt und in allerkürzester Zeit auswendig mit- und nachgesungen. Nicht, dass wir singen konnten, aber die Texte hatten wir alle intus bis zum letzten I-Tüpfelchen.

Jeder, der das Lied „Spuck den Schnuller aus" von L. Hirsch schon mal gehört hat, wird verstehen, dass in diesem Text einige Worte enthalten sind, die dringend einer Aufklärung bedurften, um den Song ganz zu verstehen. Hatte meine Mutter nicht immer gesagt, ich könne sie alles fragen? Ich schätze, sie hatte bei einer 12- oder 13Jährigen nicht mit der Frage gerechnet, was Worte wie Sodomist oder Exhibitionist bedeuten. Später erfuhr ich, das alle Freundinnen damals dasselbe Problem hatten, auch wenn sie unerhört aufgeklärt und erwachsen taten, verstanden hat das Lied damals keine von uns wirklich, aber es war provokant und witzig – gewann aber deutlich an Sinn, wenn man den Text verstand.

Noch heute höre ich meine, in diesem Zusammenhang konservative Mutter schimpfen, dass man an Allerheiligen und Allerseelen nicht „ausgeht", doch jahrelang war die Novembershow in der Stadthalle ein Fixpunkt für Jugendliche, die Austropop mochten. Und ich habe es oft durchgesetzt und dem mürrischen Blick meiner Mama tagelang standgehalten, die es für unschicklich hielt, an solchen Tagen Spaß zu haben, und der Spaß war, wenn ich mich recht erinnere, auch nicht gerade kostengünstig!

Umgekehrt wussten wir Kinder und mein Vater, dass man meiner Mutter ein großes Strahlen in die Augen zaubern konnte, wenn man ihr eine Karte für eine Musikshow eines ihrer Lieblingsinterpreten schenkte. So geschehen zu einem Muttertag: Leider war der Auftritt in Graz – die Werbung dafür prangte an jeder Litfaßsäu-

le in Wien. Sehr sinnig, wie man gleich verstehen wird –
und tagelang wurden Details mit einer Bekannten aus-
gemacht, damit meine Eltern gemeinsam nach dem
Konzert bei ihr schlafen würden, wie lange sie bleiben
würden, wann das Konzert stattfand, etc.
Meine Mutter genoss den Abend in Graz in vollen Zügen,
unbestritten, und kehrte selig wieder nach Hause zurück. Wenn ich mich nicht irre, sogar am selben Tag an
dem die Sängerin in Wien auftrat, keiner von uns hatte
gewusst, dass die gute Frau auch Wien mit ihrem Besuch und Auftritt beglücken würde – diese Tatsache war
entweder spurlos an uns vorübergegangen oder war
nur in Graz beworben worden ...

In Wien gab es in meinen Kindheitstagen zwei herrliche Einrichtungen die ich extrem genutzt habe, wie viele andere Kinder der – man nennt es wohl – Mittelschicht auch: Einerseits das kulturelle Jugendzentrum (war meiner Erinnerung nach in fast allen Bezirken Wiens zu finden) und das ebenfalls in vielen Bezirken befindliche Wiener Kinderfreibad. Beides waren Institutionen, die kein Geld erforderten und zu meinem/unserem Vorteil in unmittelbarer Nähe zu unserer Wohnung zu finden waren.

Das kulturelle Jugendzentrum (für uns immer das Kuju) lag praktisch im Nachbarhaus und war in Sekundenschnelle zu erreichen ohne eine Straße zu überqueren. Herrlich! Man hatte ganz im Gegensatz zu dem heimischen Wohnzimmer immer bereitwillige Partner für die schier unzähligen Gesellschaftsspiele, die es dort gab. Ab und an wurden Ausflüge gemacht, und es gab – selten und heißgeliebt – Partys. Das große Wort Party! Fast erwachsen war man doch, wenn man einer Party mit Musik beiwohnen durfte. Die meisten der Kinder waren so zwischen 9 und 15, also unglaublich erwachsen. Es war auch nicht wichtig, dass alle Aktivitäten unter Aufsicht bzw. Anwesenheit der Leiterin des Kuju stattfanden, so unschuldig wie unsere Vorstellungen damals waren.

Man kannte beinahe alle Kinder seit der Sandkiste und dem Klopfstangenturnen und spielte wochenlang Labyrinth, Maspi und Co. miteinander, es war jedoch ganz anders, denselben Menschen auf einer Party zu begegnen!

Bei einer solchen Party, ich war glaube ich 11 Jahre alt, und was weibliche Gedanken betrifft noch gänzlich unbedarft, pflanzte sich Nicky, eine sehr hübsche und schon sehr weibliche 14jährige vor mir auf. Sie bückte sich leicht und streckte mir ihren in Jeans steckenden Po entgegen und fragte leise: „Sieht man was?" Ich hatte natürlich nicht die geringste Ahnung was man sehen sollte und starrte verwirrt ihr Hinterteil an. Wieder stellte sie dieselbe Frage … ich konnte doch um Himmels willen nicht zugeben keine Ahnung zu haben wonach ich „suchen" sollte. Also murmelte ich ebenso wichtig zurück: „Kaum!" Daraufhin erzählte sie mir, dass sie in der Nacht davor zur Frau geworden sei und nun Angst habe jemand könnte das bemerken.

Nach der Party fragte ich meine Mutter, wie man denn merkt, dass jemand zur Frau wurde und woran man das am Hinterteil sehen konnte. Selbst sie brauchte einige Minuten, um zu erfassen worum es ging und dass es bei meiner Suche vermutlich um Konturen einer potenziellen Binde oder Slipeinlage ging, die ich meines Wissens nicht gesehen habe.

Allerdings hätte ich damals sowieso nicht gewusst, wie so etwas aussah! Die Fernsehwerbung war damals nicht annähernd so offen wie heute und alle weiblichen Wesen in meiner Familie verwendeten immer Tampons (ich wusste, dass das eines Tages auf mich zukommen würde und war somit gedanklich ausgerüstet!) und somit hatte ich wieder mal keinen Schimmer …

Im Kuju da war auch Christian, wir nannten ihn TV-geschädigt natürlich Chris. Das war der Junge, den alle Mädchen anhimmelten, auch wenn wir damals noch sehr unschuldige Hoffnungen hatten, aber gehofft haben wir. Ich wage zu behaupten, dass kaum ein Mädchen nicht leicht verblödete, wenn er im Raum war oder gar mit uns sprach.

Ich war etwa 12 als er mich bei einer solchen Party zum Tanzen aufforderte. Kein Cha Cha Cha – klar den hätte ich besser gekonnt. Das erste Schmuselied zu dem ich tanzte war Heintjes „Ich bau dir ein Schloss". Kitschiger war nicht mehr möglich, aber die Schallplatten waren immer Partyleihgaben von Eltern, die nahmen auf unseren Musikgeschmack wenig Rücksicht. Aber es war gänzlich egal welche Musik da lief. ER tanzte mit mir, schob mich langsam hin und her, meine Hände lagen auf seinen jungenhaften Schultern und mir war klar, dass ich den Rest meines Lebens mit ihm verbringen würde. Heintjes Auftritt auf unserer Hochzeit wäre beinahe sicher ... Unsere Kinder wären vermutlich blond und blauäugig ... Meine Finger schwitzten vor Aufregung und ich war fix und fertig vor Nervosität, als er mich leise fragte: „Küsst du mit viel Zunge?"

Es gibt eine Zunge und nicht viel oder wenig Zunge, was zum Kuckuck fragte er da? Unschuldig, ungeküsst und naiv wie ich war, hatte ich mich gedanklich an kitschigen Filmen orientiert. Da kuschelte man mit den Lippen am Mund/Kinn des Angebeteten herum, hob meist ein Bein dabei an (warum auch immer?) und war selig seufzend in den Armen des Angebeteten glücklich.

Was sollte also die schwachsinnige Frage nach der Zungenmenge, die als solche ja nicht zu dosieren war???

Was sollte ich erwidern? Vor allem ohne zu zeigen, dass ich erstens keine Ahnung hatte was er meinte und zweitens keinen Schimmer vom Küssen!!

Er wollte meine ohnehin nicht parate Antwort nicht abwarten und schlabberte in mein Ohr. Seine Zunge (viel davon – ich schwör´s) war mit einem schmatzenden Geräusch in meinem Ohr am Werken.

Bäääääähhhhhhhh, das war ja eklig, ich blieb stehen, schaute ihn entrüstet an und fuhr ihn forsch an: „So geht das mit mir nicht, meinst Du ich bin leicht zu haben??" (klang gut und stammte aus einem Kitschfilm – woher auch sonst?). Chris schaute mich verdattert an, vermutlich war er baff, dass jemand seine Liebesbekundungen nicht als Offenbarung sah und seine herrlich blauen Augen guckten mich traurig an: "Vermutlich bist du noch nicht soweit!"

Ja, da hatte er recht!!! War er mit seinen 14 Jahren etwa noch genauso unsicher wie ich? Oder war er nur *willigere* Mädchen gewohnt, ich weiß es heute noch nicht. Aber Chris ... hättest Du nicht noch einige Jahre warten können? Jahre später erzählte man mir, er habe danach posaunt, ich sei eben ein gut erzogenes und anständiges Mädchen, das man nicht einfach so küssen dürfe, und er mochte damals keine braven Mädchen.

Das Drama meines jugendlichen Lebens hatte also begonnen – entweder war ich zu anständig oder zu sehr Kumpel. Das weiß man in einem gewissen Alter zu schätzen, aber ehrlich – wer will schon mit 12-16 ein wirklich guter Freund oder ein anständiges Mädchen, das zu „schade ist" sein, wenn der Junge einen so anschaut?

Das Mädchen, das Chris auf der nächsten Party zärtlich auf den Mund küsste, habe ich jedenfalls tief in mir ewig lange gehasst.

Ach die Küsserei ... auch meine zweite Erfahrung einige Wochen später war ähnlich unangenehm. Der Junge, der für mich nie etwas anderes war, als der brüderliche Beschützer, wenn große Jungs uns Mädchen verkloppen wollten, fragte nicht erst, er schritt zur Tat. Da er auf mich zukam wie ein Labrador, seinen Mund bereits weit geöffnet, noch lange bevor er mein Gesicht berührte, drehte ich meinen Kopf zur Seite und seine Sympathiebekundung landete wenig vorteilhaft auf meiner Brille. Er blieb in der Erinnerung immer der Junge der meine Brille abgeleckt hatte.

Jungs, ihr wart bei mir viel zu früh dran!!! Und ich hatte danach den Ruf der Unnahbaren und Anständigen, grundsätzlich ja etwas Feines. Aber nach Jahren mit diesem Ruf hätte ich im Kuju am liebsten zu den Burschen gesagt, sie sollen mich endlich mal als etwas unanständig betrachten (Mama hätte das sicher nicht so prickelnd gefunden, denk ich mal).

Die schon erwähnte zweite Einrichtung war ein öffentliches Kinderfreibad.

Ein Becken, in dem sich viele Zwerge der verschiedensten Altersgruppen tummelten, und ich meine mich recht zu erinnern, dass man bis zum Alter von 14 dorthin durfte, in dem Alter wollte das aber ohnehin kein Jugendlicher mehr, aber so von 5-10 Jahren war das extrem praktisch. Die meisten Kinder die wie ich, so nahe wohnten, pilgerten barfuß und im Badeanzug dorthin. Aussage meiner Mutter: „Wenn man nichts bei sich hat kann einem nichts geklaut werden!". Manchmal holte sie mich mit einem Shirt bewaffnet ab und auf dem knappen Heimweg gab's dann eventuell noch ein kleines Eis – herrlich ...

Ich mochte immer schon kleine Kinder sehr, wusste auch immer dass ich als Erwachsene mindestens zwei Kinder haben wollte – Chris, die wären sicher blond geworden☺.

Und irgendetwas an mir zog die Kleinen auch an, ich war meist die einzige, die sich mit den Kleineren abgab, vielleicht mochten sie mich deshalb.

Und getreu meiner Erziehung, dass Lernen nie aufhört und man auch mit Spaß lernen kann, meinte ich, dass ich mein breitgefächertes Wissen auch weiterzugeben hatte.

Eine Lieblingszwergin von mir war Linda, ein unheimlich tolles kleines Mädchen, das so etwa 5 Jahre alt gewesen sein muss und unglaublich wissbegierig war. Sie hing geradezu stets bereit an meinen schnatternden Lippen, die immer bereit waren, ihr die große Welt zu erklären. Ich mit meinen beinahe erwachsenen, geschätzten 8-9 Jahren, überschüttete das süße Mädchen, das mit ihrem schwarzen Haar und den blitzblauen

Augen so exotisch aussah und so begeistert fragte und lauschte, mit Schwachsinn allererster Güte.

„Wieso sehen die Wolken denn so aus, wie sie aussehen, und warum bewegen die sich so und nicht anders!?" Zuzugeben, dass man das noch nicht wusste war natürlich nicht drin!

Ganz einfach Linda: Die Wolken verändern sich gar nicht laufend, denn im Grunde sind die fest gemacht, und nur weil sich die Welt dreht, bewegen sich die Wolken, und wenn sich die Welt einmal ganz rum gedreht hat, dann ist es deshalb wieder anders als am Vortag, weil die Welt sich ja nicht ganz gerade dreht, und somit kommt so alle Jahre mal ein Wolkenbild so wieder wie man es schon kennt. Linda – gar nicht dumm – fragte sich, wie es dann sein könnte, dass es einmal an ihrem Geburtstag regnete, und ein andermal nicht. Dafür machte ich stur und beharrlich die Schalttage alleinverantwortlich. Linda und ich haben uns stundenlang umringt von Kindern, die allerdings auch keine besseren Antworten parat hatten, darüber unterhalten. Ich galt als schlau damals im Kinderfreibad, das hat sich allerdings rasch gegeben, als Lindas Mutter mich ganz freundlich Tags darauf fragte, ob ich meine Theorie schon mit meinen Eltern besprochen hatte.

Mein Vater lachte wieder mal laut, erklärte mir dann Wolken und Wetter und zeigte mir in einem Lexikon Bilder dazu. Am kommenden Badetag habe ich den Minis im Freibad alles richtig genau erklärt und auch gestanden, dass die Wolkenbildergeschichte nur eine sehr freie Vermutung war. Seltsamerweise habe ich mich sehr dafür geschämt, diesen Schwachsinn erzählt zu haben, die anderen Kinder jedoch hatten das als „Geschichte" angenommen und es war vollkommen gleichgültig, dass es erfunden war. An Wetter und Wolken waren sie lange nicht so interessiert, wie an dem Wolkentapetenunsinn. Und das Tollste war, dass sie mich dafür bewunderten, sowohl so einen Schmarren zu erfinden, aber noch mehr dafür, eingestehen zu können, dass es so war.

Als ich später selbst schon Kinder hatte und bezeichnenderweise mit ihnen in einem Erlebnisbad im Familienbecken herumtollte, erkannte ich in einer anderen jungen Mutter Linda wieder. Ich sprach sie an, und später, bei einem Kaffee neben der Sandkiste, in der unsere Minis Vulkane bauten(ich ertappte mich dabei zu warten, ob mein Sohn wohl zu Erklärungen ansetzen würde), lachten wir über diese Erinnerung, die nun erwachsene Linda strahlte mich grinsend an und erzählte mir, wie oft sie später daran gedacht hat, und wie gerne sie so viel Phantasie gehabt hätte, sich die ganze Welt erklären zu können. Ich gestand ihr lachend, dass das hellblonde grünäugige Mädchen damals für ihre Augenfarbe und ihr Haar als Kind auch eine ganze Menge getan hätte ☺.
Ich habe Linda danach niemals wiedergesehen, aber es tat gut zu wissen, dass auch andere Menschen solche kleinen Unsinnigkeiten lächelnd in Erinnerung behielten.

Wie schon erwähnt blieb mir die Schule nicht erspart, und ich kann nur sagen, zwei Schulen zu besuchen, in der vor mir 3 Geschwister ihre Jahre abgesessen hatten, war nicht die allernetteste Erfahrung. Noch dazu mit einem Vater, der sich mit Freude und Engagement im Elternverein betätigte. Supertoll, ja geradezu einmalig.

War es keine Lehrkraft, die mir die Leistungen oder Nichtleistungen inklusive jedes erinnerlichen Streiches meiner Geschwister vorwarf, so durfte ich ausbaden, dass mein Vater keine Vorhänge fürs Lehrerzimmer gestattet hatte. Das heißt den Stoff hätte er ja akzeptiert, aber Schüler oder eine Lehrkraft hätten die Vorhänge nähen sollen (eine elektrische Nähmaschine war nämlich genehmigt worden – damals der purste Luxus im Gegensatz zu den damals in den Schulen üblichen Singer Tretnähmaschinen). Immer wenn er sich erlaubte, etwas nicht zu genehmigen, durften wir Kinder das ausbaden. Und bei mir fand sich, was Ordnung betraf, auch wirklich jede Menge auszusetzen. Mein Handarbeitsköfferchen war eine Ausgeburt des Schreckens für jeden Erwachsenen. Mag sein, dass es daran lag, wie sehr ich den Unterrichtsgegenstand *liebte*, oder aber auch, dass penible Ordnung noch nie meine beste Eigenschaft war. Noch heute ist aufräumen anstrengender als suchen☺.

Eines Tages wurde mein Herr Papa dann vor versammelter Klasse in den Handarbeitsraum zitiert, wo meine Lehrerin ihm, mit nach Verständnis heischendem Ton erklärte, sie müsse mir mein Zeugnis mit einem Fleck (also eine Fünf) verschönern, da mein Handarbeitskoffer zu einem Wolle-Nadeln-Taschentücher-Heft- und alles was sonst nicht hineingehört -Knödel mutiert war. Sie öffnete theatralisch das besagte Behältnis und zeigte ihm demonstrativ mein Chaos. Mein Vater sagte nur ganz trocken darauf. „Tja, lassen Sie sich nicht aufhalten, geben Sie ihr den Fünfer – ich glaube allerdings nicht ernsthaft daran, dass sie dann ordentlicher wird!" Schlechter als mit Drei schloss ich nie ab in Handarbeiten und das war wirklich extrem höflich und mitfühlend, denn ich selbst habe niemals auch nur ein einziges Stück zur Gänze selbst hergestellt! Meine Mutter, die des Handarbeitens nie müde wurde, war mit drei Töchtern gestraft, die Nähen, Sticken, Stricken und Häkeln mehr hassten, als wenn es Kochsalat mit Erbsen zum Frühstück gegeben hätte. Wir erstellten in den Unterrichtsstunden immer grade nur so viel, wie unbedingt nötig war, und Muttern machte schön brav abendliche Späteinsätze für ihre Mädchen. Im Laufe der Jahre waren das also 3x Socken, die kein Mensch freiwillig getragen hätte, jede Menge runder und sternförmiger Zierdeckchen, die im Nirwana endeten, oder aber, was noch schlimmer war, am Ende des Schuljahres der Oma geschenkt wurden und dort verständlicherweise auf Nimmerwiedersehen (nehme ich mal an) verschwanden. Um für den Kochunterricht gerüstet zu sein, musste für jede Tochter je ein Arbeitskittel und ein Kochhäubchen (sehr realistisch) fabriziert werden. Von diversen Kissenbezügen, die niemals eine Füllung erhielten, weil sie keiner Normgröße entsprachen, Topflappen, die dermaßen unfähig waren Hitze fernzuhalten, weil das Stofffetzerl viel zu dünn war, mal ganz abgesehen. Mutter nähte, strickte und häkelte alle unseren Aufgaben. Sie sah uns dasitzen mit grollendem Blick, tiefen Seufzern und verschwitzen Fingern, die so manches Stück noch viel hübscher machten, an dem Arbeitsstück zerrend, in der Hoffnung, dass 8 gestrickte Reihen locker die 12 befohlenen Zentimeter werden, wenn man nur lange genug daran zerrt und dehnt. Und schon erlag sie unserer gut sichtbaren Qual.

Unsere Lehrerin wusste das ganz sicher, aber ehrlich – was sollte sie tun. Einmal meinte sie trocken zu mir – Deine Mama hat wieder einen 2er gestrickt. Böse war nur das eine Mal, als Muttern den Arbeitskittel zu perfekt machte und das Schrägband – von dem ich heute noch nicht ahne, wofür es gut war – auf genialste Art und Weise eingenäht war und sie mich fragte wie ich das gemacht hätte. Ich konnte ja nicht sagen, dass ich keine Ahnung hatte, aber ich wusste ja noch nicht mal, WO das dumme Band geblieben war. Das war das Jahr mit der Drei in Handarbeiten!

Leider waren wir drei Mädels uns da einig, meine Schwestern allerdings erheblich schlauer als ich, da wurde regelrecht recherchiert bevor die Arbeit abgegeben wurde und die konnten von ihren Wundertaten berichten. Mich interessierte das Ganze allerdings so wenig, dass ich nur froh war, es nicht machen zu müssen.

Seltsam, dass gerade meine Mutter, die so erpicht auf Ehrlichkeit war, uns damals nie auffliegen ließ, niemals resignierte und aufgab, uns immer deckte. Leider habe ich sie nie danach gefragt, warum sie sich das alle die Jahre antat.

Und der so lange herbeigesehnte Kochunterricht: Wir träumten davon ein leckeres Gulasch zu zaubern, Schokoladepalatschinken als Dessert … und … vielleicht vor Weihnachten einige Kekse. Wie füllt man ein Huhn oder wie schafft man es, dass ein Cordon Bleu keine 8 Zahnstocher braucht, um in einem Teil zu bleiben. (Cordon Bleus enthalten bei mir heute noch die verhassten Zahnstocher, also falls mir jemand idiotensicher erklären kann, wie man das ohne hinbekommt …)

Nichts da – Wer bitte findet es wichtig, dass eine 13jährige weiss, wie man Butter mit Gewürzen mischt und sie in zuvor ausgehöhlte Tomaten schmiert? Wer entschied damals so elementare Unterrichtsinhalte, wie den Schnee zum Pflug schlagen, sagt das privat irgendjemand wirklich so? Und wer behauptet, dass Topfen mit Zucker vermengt bereits ein Dessert darstellt? Warum war es wichtig, dass die Kasserolle mit 29 cm Durchmesser im zweiten Kasten von links steht, und dass ich das – auswendig – in einem anderen Raum abgeprüft, aufsagen konnte? Stehe ich davor erkenne ich sie – ehrlich!

Nur einmal fehlte ich im Kochunterricht, da wurden Rindsrouladen gekocht. Sehr toll, die kann ich heute noch nicht, nicht dass mir das fehlen würde ich mag sie ohnehin nicht sonderlich!

In der Grundschule hatte ich eine beste Freundin – Rita. Sie entstammte einer gutsituierten Familie (ich zumindest war mir sicher, dass sie sehr reich waren, denn sie hatten eine Speisekammer und so etwas hatten – bitte sehr – nur reiche Leute, nicht wahr?) und hatte nur einen Bruder, somit auch ein eigenes Zimmer (dafür mussten bei mir 2 Geschwister erwachsen werden und ausziehen, ich kann nur sagen: „Das zieht sich ganz schön in die Länge, wenn man darauf wartet"). Oft beneidete ich sie darum, allerdings war es bei ihr daheim für mich erschreckend ruhig, und ich dachte, insgeheim war es ihr sehr viel lieber, wenn wir bei ihr spielten und Zeit verbrachten als in unserem ungleich lauteren Haushalt! Und sie hatte ein Haustier: Mucki ein Meerschweinchen. Meine Eltern erlaubten (irgendwie verständlich bei vier Kindern mit verschiedenen Vorlieben) nur das Aquarium meines Bruders, und gerade Fische waren nicht so mein Ding. Es streichelt sich Wasserbewohner recht schwer ...

Da ich allerdings null Erfahrung mit Tieren und ganz tief drin vermutlich auch etwas Schiss vor Mucki hatte, war sein Leben durch meine oftmalige Anwesenheit nicht gerade schöner geworden.

Irgendwann so im Alter von etwa 8 oder 9 Jahren wurde ich von Ritas Eltern eingeladen, sie durfte jedes Jahr im Sommer 2 Wochen auf einem Bauernhof von befreundeten Eltern zweier Töchter verbringen. Und nun durfte ich nach langer Diskussion mit meinen Eltern und etwa 3000 Versprechen, die ich ungefragt abgab (brav sein, viel mehr lernen, Ordnung halten ...) mitfahren.

Ein Bauernhof! Tiere gab es in meinem Leben nur im Schönbrunner Zoo, im Lainzer Tiergarten und in Büchern. Ich war mir aber sicher, dass ich Tiere mochte. Und ich war mir sicher, dass diese 2 Wochen so wunderbar werden würden, dass ich förmlich vor Freude platzen würde.

Als meine Eltern uns hinbrachten, schien die Sache sich etwas zu wandeln, ein übermäßig großer, schwarzer Hund sauste über den Hof, und – nein – er begrüßte uns nicht! Er keifte wild und laut. Offenbar fand er Papas alten Käfer, der sich eher nach dem dritten Weltkrieg anhörte, nicht so toll. Das lief gar nicht gut! Meine Mutter wurde als junges Mädchen von einem Hund gebissen und wir waren nicht gerade als extreme Hundefreunde erzogen worden. Nicht, dass wir sie nicht mochten, sondern immer mit ein wenig zu viel Respekt und ein wenig Bammel im Hintergrund (was bei mir supermutigem Wesen ja echt verwunderlich war ... siehe Mucki).

Ich befürchtete, meine Mutter könnte den Hund als zu wild ansehen, und mich nicht dort lassen wollen. Damals war mir noch nicht klar, dass es für meine Eltern vielleicht gar nicht so eine große Qual war, mich fortfahren zu lassen☺.

Ich blieb, und Rita und ich bezogen unser Zimmer, die beiden Mädchen des Hauses konnten gar nicht genug über die beiden Stadtmädchen lachen, die der Wind da hereingeweht hatte.

Es war Sommer und wir waren fröhliche Kinder, teilweise auf der ständigen Flucht vor der großen schwarzen Bestie. Das Tier wollte mir entweder 2 Wochen lang zeigen, dass es freundlich und mir wohlgesonnen war, oder aber der Hund lachte sich innerlich krumm über das dumme Mädchen, das jedes Mal wenn er auf es zulief ängstlich wie ein kleines Ferkel quiekte.

Eines Morgens, es war furchtbar heiß, brachte der Bauer eine große Schachtel und forderte uns auf, ihm zu folgen. Wir trabten also in den Stall und als er die Schachtel öffnete, schnappten wir Stadtmädchen entsetzt nach Luft. In dem Karton waren 30 winzige 3 Tage alte Küken, jedoch durch die Hitze – nehme ich an – hatte nur eines davon überlebt. Diese winzigen flauschig gelben Kreaturen, die ihre kleinen Beinchen von sich streckten, haben uns vermutlich das beigebracht, was im Leben eines Kindes vom Lande gänzlich normal ist. Sterben gehört zum Leben und nur selten sterben Schnitzel an Altersschwäche, wie uns der Bauer gleich mal erzählte. Wir starrten die nebenan untergebrachten Ferkel an und entschlossen spontan, nie wieder Fleisch zu essen. Als die Tochter des Bauern, die sogar noch jünger als wir war, uns erklärte, dass dies der normale Lauf auf einem Hof sei ... ja da kamen wir uns recht dumm vor, und Rita erkannte in ihrer sehr pragmatischen Art, dass das Schwein auch dann sterben würde, wenn wir beide kein Schnitzel aßen, somit war der Weg zur Vegetarierkarriere schon wieder verlassen.

Das eine überlebende Küken wurde von uns gehätschelt und verwöhnt, gestreichelt und in den Heuschober verschleppt. Es bekam einen Namen, an den ich mich beim besten Willen nicht mehr erinnern kann, und wir liebten es abgöttisch. Selbst beim Federballspielen musste es zusehen.

Ich denke das Hühnchen war selig als wir später abreisten, doch davor wurden wieder 30 Miniküken geliefert, die diesmal alle lebten, wir lachten uns krumm, dass unser Küken – inzwischen bereits weiß gefiedert – die kleinen gelben Winzlinge unter ihrer Rotlichtlampe immer zusammenhielt, uns kam das vor wie ein Hütehund, der auf die Schafe achtet.

Das Hauptthema in meinen Erinnerungen blieben aber immer Kühe. Kühe, die täglich zur Alm und abends wieder herunter getrieben wurden. Das muss für die Kinder dort besonders witzig gewesen sein, uns zu beobachten wie wir jeden Tag mit einem Stock bewaffnet mit den Kühen hoch und wieder herunter latschten.

Der Stock, um möglicherweise der Kuh auf die Hüfte zu klopfen, falls sie die Richtung verfehlt oder stur stehenbleibt. Rita und ich haben ihn nie verwendet, weil wir sicher waren, die Kühe schwer zu verletzen. Allerdings wussten die Kühe ohnehin besser als wir, was zu tun war!

In erster Linie wussten sie genau, dass man den Darm am schönsten entleert wenn ein Stadtkind exakt dahintersteht. Die einzigen Verletzungen was das Thema Kühe betraf, waren also die Wunden die diese Aktion täglich in unseren Stolz schlug.

Wir waren glücklich in diesen beiden Wochen, wir waren das „Wiener-Team" das zusammenhielt, wenn wir mit den beiden Mädels gestritten hatten, und wir versöhnten uns genauso schnell wieder, wir lernten viel und erlebten noch viel mehr. Wir aßen ab da einige Monate lang nur weißes Fleisch anstatt Huhn, denn unser Liebe zu den Küken erlaubte es uns nicht mehr, Hühner die als solche auf dem Teller zu erkennen waren zu futtern. Und ich habe für mein Leben gelernt, dass man Tieren die man vorhat zu essen/schlachten, besser keine Namen gibt! Man kann Alma, Pieps und Konsorten womöglich sonst nicht aufessen!

Am wichtigsten war meiner Meinung nach jedoch, das Anderssein kennengelernt zu haben, zu erleben wie wichtig Wetter ist und wie eine ausgefallene Ernte zu einem Drama werden kann, dass ein Traktor lange nicht so romantisch ist wie in den Liebesfilmen in denen Paare sich darauf küssen (kein Mensch hatte sich geküsst während wir dort waren). Dass man Gesellschaftsspiele im Sommer dort gar nicht braucht, weil es ein tägliches Abenteuer war, alles mitzuerleben. Klar war uns auch geworden, dass man sich auf eigenem Terrain sicher fühlen kann, denn die beiden wären in Wien sicher genauso aus der Rolle gefallen, wie wir beide auf der Alm, oder ich mit meinem Hochdeutsch im Schweinestall. Wow - ich habe Worte gelernt, die ich zwar später nie wieder brauchte, aber die mir gezeigt haben, wie anders man bereits 200 Kilometer entfernt sprechen kann!

Aber eines muss ich gestehen, in zwei Wochen habe ich es nicht geschafft, mich angstfrei mit dem Hofhund anzufreunden, er blieb immer ein klein wenig Bestie.

Eine Tante mütterlicherseits hatte nach Deutschland geheiratet und in den ersten Jahren meiner Kindheit fuhren wir per Zug, später mit dem Bomberkäfer zu Besuch dorthin.

Meine ersten Erinnerungen an diese Besuche – Baden in Kirschen frisch vom Baum. Ein Haus, ein Garten, eine Speisekammer und eine Hollywoodschaukel (ich war jedes Mal tagelang latent seekrank, denn dort war ich grundsätzlich zu finden) und der bewusste Kirschbaum. Also MUSSTE mein Onkel nicht nur reich, sondern steinreich sein. Es gab immer ein sehr straffes Programm in den Tagen unserer Besuche, denn man wollte die Familie aus Österreich herumführen und ihnen auch etwas von der Umgebung zeigen ... Ein Tag war jedes Mal für Arbeit in Haus und Garten reserviert. (Mein Vater „durfte“ zwei Jahre lang Rasenmähen, er wurde nie wieder dafür eingeteilt da beide Male „leider" das Kabel des Mähers daran glauben musste) – naja und so wie ich mich erinnere, sollten die Ösis auch ein wenig große Welt schnuppern. Mein Onkel organisierte beispielsweise, dass wir an einer Führung in einer Lederfabrik teilnehmen durften, und zum Abschluss zeigte man uns die Plüschverarbeitung. Plötzlich stand ich in einer Halle in der gefühlte tausend exakt gleiche Plüschhunde aufbewahrt wurden, und alle starrten mich an. Aus Erzählungen weiß ich, dass ich wie eine Sirene losbrüllte und mich erst beruhigte, als man einen der Hunde von der Herde trennte und mir näher zeigte. Der Hund war toll so alleine, tausende große Glupschaugen hatten mir große Angst gemacht. Er alleine wurde sofort ins Herz geschlossen. Noch meine eigenen Kinder haben viele Jahre später auf ihm gekuschelt und ihn geliebt, und darüber gekichert, dass ihre Mama vor einem so harmlosen, süßen Hund Angst hatte haben können.

Übrigens, Sabine meine heißgeliebte Puppe bekam ich auch bei einem solchen Anlass geschenkt. Sie war, als ich sie bekam, allerdings größer als ich selbst.

Meine Tante und mein Onkel hatten im Keller eine Sauna. Etwas was ich ja gar nicht begreifen konnte, mit Absicht herbeigeführtes Schwitzen und dann kalt duschen. Heimlich habe ich beobachtet, wie spätabends dann meine Eltern und die Verwandtschaft mit noch einigen Freunden im Adamskostüm, Weiblein und Männlein in Grüppchen abwechselnd im dunklen Garten kalt duschten, und so viel lachten als wäre das ein mittleres Weltwunder.

Ich lag dann in meinem Bett und fragte mich, ob meine Eltern den Unsinn daheim etwa auch machen würden, schwitzen-frieren-schwitzen-frieren. Und fing an zu befürchten, dass sie unser Badezimmer umfunktionieren würden ... Tags darauf habe ich meiner Mutter klargemacht, dass ich keineswegs bereit war auf unsere

Badewanne daheim zu verzichten. Zum Glück gab es keine Ambitionen in diese Richtung!

Und mein Onkel Hannes hatte noch ein wahres Wunderding: In seinem Gästezimmer stand ein alter Wurlitzer (Jukebox), mit unzähligen superschmalzigen Schallplatten. Daran erinnere ich mich heute noch gerne – die vielen Stunden mit alten Schlagern und Boogiescheiben in diesem Zimmer, und ich tanzend und hopsend und singend davor!

Vielleicht sollte ich hier einfügen, dass meine Mutter es liebte, mich auf Hochzeiten, großen Feiern, zu Geburtstagen, usw. Gedichte aufsagen zu lassen. Kaum konnte ich lesen, fing es an und endete erst so mit 13 oder 14. Gruselig kann ich nur sagen. Ob in Kirchen oder Standesämtern, das kleine blonde Mädchen sagte Gedichte auf!

Zur Silberhochzeit meiner deutschen Verwandtschaft war meines Wissens das letzte Drama dieser Art angesagt. Die gesamte Autofahrt lang habe ich aus einem kleinen Heftchen, mit etwa tausend kitschigen Blümchen auf dem Einband, ein endlos langes Gedicht auswendig gelernt, das meine Mutter angezeichnet hatte. Offenbar war sie der Meinung das zwölf achtzeilige Sätzchen (so nannte sie das im Ernst – „Sätzchen") nicht viel sind, und es mich sicher glücklich macht, dem Onkel und der Tante (seltsam, dass ich die beiden immer in dieser Reihenfolge nenne, nie umgekehrt – woran das wohl liegen könnte, eventuell weil mein Onkel eine sehr dominante Persönlichkeit war??) diese Freude zu bereiten.

Dieses Fest fand standesgemäß in einer riesigen Halle statt, unzählige Tische aneinandergereiht, mit in zwei Farben aufeinander abgestimmten Tischtüchern, die – nicht Papier, nicht Stoff – besonders faszinierend auf mich wirkten. Kleine Rollen waren ebenfalls mit diesem Material bezogen und dienten so als Zigarettenspender, mit einer Borte als Abschluss obendrauf. Schüsselchen für die Knabbereien ebenso. Selbst das Servierpersonal war farblich passend bekleidet, alles in einem tiefen Rot und relativ knalligem Grün. Auf mich hatten diese Details eine Wirkung, die ich gar nicht schildern konnte – naja steinreich – wie schon gesagt.

Es gab Zigarren und Zigaretten für die Gäste, zum ersten Mal in meinem Leben sah ich, dass Limos der verschiedensten Sorten aus einem Konzentrat gemacht wurden, danke, wieder eine Illusion im Eimer.

Und da mein Onkel meist nur in Fabriken kaufte, und nicht in so einem lausigen Supermarkt, wie wir das kannten, standen in einem kleinen Nebenraum drei unglaublich große Plastiksäcke in denen jeweils zehn Kilo (!!!) Snips, Chips und kleine Salzbrezel aneinander gekuschelt nur darauf warteten, vernascht zu werden. Davor stand ich minutenlang und konnte nicht glauben, dass es so etwas in so einer Dimension überhaupt gab. In meinem Kopf wurden Onkel und Tante zu heimlichen Thronfolgern oder Majestäten, niemand kann so feiern, dachte ich.

Die 4 Musiker auf der Bühne hatten mich natürlich auch sehr beeindruckt – noch mehr, als meine Mutter dem Chef der Band schon ganz zu Anfang zugeflüstert hatte, dass ich um Mitternacht ein Gedicht aufsagen würde. Der Mann lächelte mir den ganzen Abend aufmunternd zu, ich schätze, er sah deutlich meine übergroße Begeisterung ob dieser herrlichen Aufgabe.

Andere reiche Leute bekamen um Mitternacht eine Torte mit Inhalt oder eine tollte Tanzeinlage, diese bekamen ein schier endloses Gedicht, vorgetragen von einer unwilligen, vor Nervosität schlotternden (es waren ca. 150 Gäste im Saal, ein so großes Publikum war ich nicht gewohnt – und vor Allem, das waren zu 90% Fremde!!!)

Jugendlichen – deren Mutter vor Stolz strahlte. Nicht enden wollende Reime in vollkommen alltagsuntauglichen Worten, ich nannte diese Sprache immer die „Rosen-Rüschen-Sprache".

Tja, Geld schützt davor nicht … ausgleichende Gerechtigkeit sozusagen.

Nach diesem – für mich megapeinlichen – Auftritt musste ich nie wieder ein Gedicht aufsagen! Vielleicht erkannte Mama, dass der Zauber, den ein kleines süßes Mädchen beim Gedichte Vortragen ausstrahlt, bereits längst von mir gewichen war. Danke Mama!

Und ich beschloss damals, dass meine potenziellen Kinder, später so etwas nie würden tun müssen, außer sie bestanden selbst darauf!

Irgendwann in den frühen 70ern, ich kann mich nicht erinnern ob ich damals schon zur Schule ging oder nicht, ging ich meinem Bruder so dermaßen auf die Nerven ... er solle mir endlich zeigen, wie man Papierschiffchen macht, dass er es mir widerwillig beibrachte. Ich übte solange, bis keine alte Zeitung mehr im Haus zu finden war.

Meine Mutter kam auf die Idee mir dafür ein altes Telefonbuch (damals füllten die Festnetzanschlüsse Wiens noch 4 mächtige dicke Telefonbücher mit je mehreren tausend sehr dünnen Seiten!) zu geben, und meinte im Spaß, wenn ich damit fertig wäre, dann würden wir alle am Donaukanal fahren lassen.

Keine Ahnung wie lange es dauerte, aber es dauerte lange! Irgendwie wurde das zu einer Art Manie, die langsam aber sicher zur Seuche ausartete. Ob beim Fernsehen am Abend, oder nachmittags zwischendurch. Letztendlich hatte der Virus alle angesteckt, und die ganze Familie machte Papierschiffchen in Variationen (mein Bruder erstellte ganze Flotten winziger Kunstwerke), Schiffe in diversen Größen. Beim Falten der Schiffchen wurde überlegt, wo genau wir unsere Werke, wann und wie würden in „See stechen lassen", ja es ging soweit das ein zweites Buch daran glauben musste, weil wir der Ansicht waren, dass sich der Marsch zum Kanal sich nur dann „rechnet" wenn wir auch „genug" Material haben würden..

Ich weiß noch, dass es Hochsommer war und die gesamte Familie stapfte an einem Sonntagmorgen mit übergroßen Plastiksäcken voller gefalteter Schiffchen, drei Reisetaschen gefüllt mit unseren Flotten und ... leider ... ohne Fotoapparat (grün und blau sollte man sich ärgern!) an den Donaukanal. Wissend, dass über diese Brücke zur damaligen Zeit an jedem Badetag – bevorzugt am Wochenende – unzählige Sonnenhungrige Richtung Prater, Stadion, oder dem dort befindlichen Bad zu Fuß unterwegs waren.

Man kann es mit Worten nicht beschreiben!

Die Show wollte sich offenbar niemand der dort unterwegs war entgehen lassen. Nachdem die erste Plastiktüte leer war, war die Brücke bereits mit Schaulustigen total überfüllt. Die Menschen dort oben lachten zu uns herunter, es gab sogar einen Applaus. Es dauerte Stunden um tausende Schiffchen Richtung Ungarn (nur sehr theoretisch, denn vermutlich waren sie schon um die nächste Kurve des Kanals abgesoffen ...) fahren zu lassen, und es war ein herrlicher Tag, an den sich jeder aus unserer Familie auch heute noch gut erinnern kann.

Später hat Vater oft gemeint, es sei ein Wunder, dass wir nicht wegen Umweltverschmutzung angezeigt wurden. Vermutlich hätte eine solche Aktion wenige Jahre später wirklich so geendet. Ich kann nur sagen, es hat uns als Familie sehr verbunden, wochenlang an den Schiffchen zu werken und dabei zuzusehen, wie unsere Werke abwärts trieben. Und nach geschätzten weiteren zwei Wochen waren Finger und Fingernägel auch endlich wieder frei von Druckerschwärze ☺.

Noch über 40 Jahre später ist es immer wieder Gesprächsthema in unserer Familie, und ein kleines Glitzern in den Augen meiner Geschwister zeigt, dass es ihnen ähnlich geht wie mir, bei dieser Erinnerung!

Wir waren keine Pech und Schwefel Familie, das wäre übertrieben, aber manche Dinge haben uns unglaublich verbunden. Da fällt mir der 80. Geburtstag meiner Großmutter ein – ebenfalls ein immer erzähltes Gustostückerl.

Damals war ich eine ganz frisch verheiratete junge Frau und meine Begeisterungsfähigkeit – die mir bis heute geblieben ist – schlug Wellen.

Achtzig – ein geradezu biblisches Alter, wenn man selbst so blutjung ist (wie rasch sich diese Empfindungen doch ändern).

Meine Eltern, wir vier Geschwister und unsere jeweiligen Partner grübelten wirklich endlos, was bitte schenkt man der Oma? Eine Sitte besagt, dass man zu runden Geburtstagen etwas *bleibendes* schenkt, na bitte, was sollte Großmutter mit einem weiteren Geschirr, oder Spiegel, oder, oder, oder, oder.

Wir kamen überein, dass es etwas so besonderes sein musste, die ganze Stadt nahe Wien in der meine Großmutter bei und mit meiner Tante/Onkel lebte, sollte staunen – und ich denke genauso entstand die Idee. Töchter, Sohn, Schwiegersöhne und Schwiegertochter lebten schon bei der Planung auf, wir stellten uns erstaunte Gesichter vor. Bewundernde Blicke und Faszination und eine immer bleibende Erinnerung ohne Ablaufdatum.

Mein Vater und – soweit ich mich erinnere – die Männer der Familie kamen in Eintracht zusammen und es wurde geplant und eingekauft. Wir ermittelten, wo in der Stadt wir unser Vorhaben wirklich ausleben durften, holten Genehmigung ein, und hatten alle eine diebische Vorfreude auf diesen Tag. Wir haben die „Freude des Schenkens" alle schon von Kindheit an genossen, das Zusehen, wenn sich jemand freut, der Blick des Beschenkten, das gehörte dazu, das steigerte die Vorfreude so enorm, wir wollten Oma regelrecht aus den Schuhen kippen vor Freude!

Der Tag der Feier kam, viele Menschen saßen Mittags in dem schönen Restaurant, genossen gutes Essen und auch die seltene Gelegenheit, entfernte Verwandte wiederzusehen, die man nur alle heiligen Zeiten mal sieht. Als jüngste Tochter – die nun weder an Größe noch an Statur ein Minus aufzuweisen hatte – lächle ich heute noch, wie verärgert ich war, immer die „KLEINE" zu bleiben. Ich war doch nun erwachsen, verheiratet. Aahhhh, das ist ja die kleine Claudia, danke – 174 Zentimeter sind wirklich winzig. Damals fehlte mir jegliche Vorstellungskraft, dass ich nur 20 Jahre später mich bemühen würde müssen, ganz ähnliche Dinge nicht ebenfalls zu sagen.

Ich reichte meine noch beinahe feuchten Hochzeitsbilder reihum und wurde als die Kleine betitelt, das bin ich heute auf Hochzeiten und Begräbnissen übrigens immer noch für manche Tanten – die „Kleine" – nur ärgert es mich heute nicht mehr.

Fragte sich meine Großmutter an jenem Tag, warum die gesamte Wiener Verwandtschaft keine Geschenke gebracht hatte? Leider werd ich es nie erfahren, ich habe sie damals nicht danach gefragt und später leider auch nicht.

Wenn sie sich wunderte, versteckte sie es jedenfalls gut. Alle Familienmitglieder grinsten immer wieder bei der Vorstellung wie meine Oma strahlen würde … später.

Am Nachmittag kehrte der, nun reduzierte, engere Familienkreis in das Haus meiner Tante/Onkel und wartete.

Es wurde geplaudert und gelacht … und gewartet.

Mein frisch angetrauter Mann und mein Bruder machten sich auf den Weg, um die Überraschung vorzubereiten. Zwar fragte meine Großmutter kurz, wohin denn die beiden verschwunden seien, aber ganz ehrlich, ich glaube, sie war nur müde und verstand nicht, warum wir uns nicht endlich verabschiedeten. Ich hörte, wie sie leise meiner eingeweihten Tante die Frage zuflüsterte, warum wir denn sooo konsequent sitzenblieben. Üblicherweise endeten unsere Besuche nach der Kaffeejause, die inzwischen lange zurücklag.

Meine Mutter, von der ich den Redefluss geerbt zu haben scheine, erzählte meiner Oma nun Geschichten, die sie weder interessierten noch hören wollte.

Meiner Meinung nach wollte sie Ruhe und ins Bett, sie war damals keine so gesunde Frau mehr und wir saßen abends um neun noch immer im Wohnzimmer herum, anstatt uns endlich höflich zu verabschieden.

Ach Oma, wie herzlich lache ich noch heute, bei der Erinnerung, als es endlich dunkel wurde und meine Tante – Deine Tochter – Dir sagte: „Wir holen nun Dein Geschenk ab" – und „Du sollst Dir Schuhe anziehen", und Du voller Entsetzen gesagt hast: „Die sollen es herbringen, es ist Nacht ich gehe doch jetzt nicht mehr raus!!"

Es hat gedauert bis wir alle dich lachend überzeugt hatten, die Schuhe doch noch mal anzuziehen und uns zu den Autos zu begleiten („Mit dem Auto ein Geschenk abholen, so ein Unsinn" waren Deine Worte). Im Konvoi fuhr nun die kleine Gesellschaft zum Sportplatz. Hier fragtest Du plötzlich nach meinem Bruder und meinem Mann, und wir erklärten Dir, dass die beiden wenige Meter vor Dir in einer kleinen Senke standen um Dir Dein Geschenk zu machen, Dein Blick war nicht von dieser Welt, Du musst uns alle für total beschränkt gehalten haben.

Es war dunkel, und es ging los. Ein für die damaligen Verhältnisse wirklich gewaltiges Feuerwerk (die gerade für Privatpersonen noch erlaubte Dimension) ging los. Alle staunten und die OH's und AH's klangen zwischen den lauten Knallern der Feuerwerkskörper hindurch. Es war romantisch, schön, herrlich, so wie die Wiener Verwandtschaft es sich ehrlich für Dich gewünscht hatte. Die Kinder in uns allen jubelten, und du?

Du hast jedes einzelne Fenster hinter dem in diesen Minuten das Licht anging registriert, du hast namentlich sagen können, wer aller da jetzt zuschaut, es hat dich gefreut, dass all diese Menschen hinter ihren Fenstern wussten, dass das Spektakel für Dich war! Oma mal ehrlich, hast Du selbst wirklich viel davon gesehen? Ich behaupte, nicht wirklich, aber jedes einzelne hell erleuchtete Fenster hast Du Dir gemerkt. Vielleicht war DAS die beste Freude, die wir damals machen konnten?

Aber dann, als im nicht unerheblichen Rauch der den Boden bedeckte, mein Bruder und mein Mann auftauchten, da hast du Dich gefreut wie ein Schneekönig: Ahh, da sind sie ja!

Irgendwann im frühen Erwachsenenalter entdeckte ich, dass, wenn da ein witziger Kommentar (für mich witzig) oder ein Lachen auf meiner Zunge lag, dann musste das auch raus, sonst würde ich quasi daran ersticken.

Allerdings würde ich mich nie böswillig über jemanden lustig machen, außer über mich selbst, das aber gerne und mit allen Konsequenzen

Als junges Lehrmädchen mit 15 Jahren war ich notorisch pleite, die Tanzerei kostete Einiges und von den vielen Schuhen brauchen wir gar nicht zu reden, durchtanzte Nächte hinterlassen kostspielige Spuren!

Ein ganz und gar unerwarteter Geldregen prasselte in Form eines aufgelösten Bausparvertrages auf unsere Familie nieder. Danke lieber Großvater, der Du zu Deinen Lebzeiten an uns alle gedacht hast.

Und danke meinen Eltern, die zwar einen Großteil des Geldes für später – Führerschein, etc. – anlegten, aber mir eine, für meine Verhältnisse große Summe freistellten, über die ich alleine entscheiden durfte.

Schnell war klar, was ich mir kaufe würde. Seit vielen Wochen hatte ich in einer Boutique, auf meinem Weg zur Arbeit, ein Kleid regelrecht angehimmelt, von dem mir klar war, dass ich es mir von meinem Lehrlingsgeld nie würde leisten können!

Alleine – damals war ich doch meist noch entweder mit Mutter oder Freundin einkaufen – also ungewohnt mutig fuhr ich in das Geschäft. Da war MEIN Kleid.

Ein knalliges Cola-Rot, schulterfrei und Volants bis unters Knie, sensationell – ich sehe es heute noch vor mir – über der Brust ein Gummizug der schnuckelige Fältchen verursachte. Das war kein Kleid für ein Mädchen, sondern für eine Frau! ICH war diese Frau!

Die Verkäuferin war erfreut, das doch sehr saisongebundene Kleid loszuwerden – so realistisch bin ich leider erst heute – und ich war selig. Dazu gehörten natürlich signalrote hohe Schuhe und eine rote Strumpfhose (die einzige rote meines Lebens), eine gleichfarbige Handtasche und mein Leben war ein einziger roter Traum! Wenn ich mich damit beim Tanzen drehen würde, ja das würde etwas hermachen. Vor dem Spiegel drehte ich mich schon mal versuchsweise.

Ich war so gespannt wie meine Eltern diese Herrlichkeit in meinem Leben begrüßen würden.

Daheim angekommen – nicht zu vergessen der ebenfalls knallrote Lippenstift, den ich auch noch besorgt hatte, den ich sofort auftrug und der dieses ganz und gar geniale Outfit für mich erst komplett machte.

Aufgebrezelt von Kopf bis Fuß in knalligem Rot, trat ich ins Wohnzimmer.

Meine Mutter brüllte vor Lachen los, und stürmte wieder einmal in die Küche um keine Kommentare abgeben zu müssen.

Mein Vater starrte mich an wie ein Piranha, der ein sehr blutiges Stück Fleisch vor Augen hat und sagte nur: „Du siehst aus wie eine Hure, so verlässt du niemals diese Wohnung!“.

Hab ich nicht.

Dieses Kleid habe ich drei Mal getragen, mit einer von Mutter gestrickten langen weißen Weste ... so viel zu meinem Traum in Rot.

Selbstverständlich aber ohne die Schuhe und Strumpfhose.

Und ich wurde wieder ein klein wenig älter und reifer☺.

Ich war also erwachsen, oder fühlte mich so. Ich entdeckte, dass Küssen durchaus reizvoll ist, und dass das meiste aus den Büchern von H. Robbins nicht wirklich der Alltag ist. Ich war jung und aufgeschlossen, aber doch auch recht naiv für mein Alter. Im Endeffekt befanden sich mein theoretischer Wissensstand und die reellen Erfahrungen endlose Jahre lang nicht auf demselben Level!

Natürlich gab es später diese erste Liebe, die man nie vergessen wird, die man meint niemals verwinden zu können, wenn sie vorbei ist, und doch lässt der Schmerz dann nach.

Bald erkannte ich, dass mir auch hier mein Humor immer wieder in die Quere kommen würde. Witzzitate sind wenig hilfreich, wenn man Verlegenheit überspielen will. Aber so war ich nun mal damals schon. Bevor ich eingestand, dass ich verlegen war, nicht weiter wusste oder mich nicht auf etwas einlassen wollte, das mir zu weit ging – dann kam eben immer eine flapsige Meldung.

Es gab Freundschaften und Liebeleien, wie vermutlich in jedem anderen jungen Leben auch, und es gab Momente, die in Wirklichkeit keine allzu große Bedeutung haben, an die man aber immer wieder mit einem Lächeln zurückdenken kann.

Der junge Mann in den ich einst verknallt war, wie beinahe alle Männer in meinem Leben deutlich älter als ich selbst, der an unserer Wohnungstüre klingelte weil meine Eltern „sehen wollten", mit wem ich da (natürlich) tanzen ging, und den meine Mutter entsetzt dort stehen ließ um in die Küche zu stürmen und zu wettern: „Das ist KEIN Bursche - das ist ein Mann!!!! Mit dem gehst Du nicht aus", und der Kommentar meines Vaters: „Dann muss sie wenigstens nicht in der Nacht mit der

Straßenbahn heimfahren sondern wird mit dem Auto gebracht – auch ein Vorteil".

Eigenartig, dass obwohl mein Vater deutlich strenger als meine Mutter, in dieser Hinsicht sehr liberal war, obwohl – eventuell sah er ja gar nicht, dass aus seinem kleinen Mädchen bereits eine junge Frau von 17 geworden war?

Die vielen durchtanzten Nächte meiner Jugend und vor dem Mutterdasein kann ich gar nicht zählen, und doch erinnere ich mich an manche ganz besonders.

Da war Thomas (dessen Name natürlich damals wie heute nicht Thomas lautet), der junge Mann der mit mir mehr Boogie tanzte, als jemals Jemand danach, mit dem ich lachen konnte, bis alles wehtat, der meine „erwachsene Begleitperson" nach Mitternacht war (Ja, unter 18 brauchte man so eine Person).

Thomas der immer da war, der immer tanzte, der immer lachte, Thomas von dem ich heute noch nicht sicher bin, ob er mich mehr als nur mochte, den ich möglicherweise enttäuscht habe mit meinem ausschließlichen Tanzpartnerinnendasein – ich weiß es nicht. Er, der mich als erster Mann mit seinem Auto außerhalb des Übungsplatzes fahren ließ, ohne sich zu verkrampfen, der bei mir daheim die Wogen glättete wenn ich wieder mal zu spät heimkam. Er, den meine Mutter gerne als Schwiegersohn gesehen hätte – war das der Grund warum ich ihn so viele Jahre gar nicht als Mann wahrnahm? Derselbe Thomas der heute ein „Freund auf Facebook" ist ... ich hab Dich damals nicht gefragt, keine Sorge ich frage Dich auch heute nicht, ob da hätte mehr draus werden sollen ... können ...

Aber diese unzähligen durchtanzten Nächte so unbeschwert und unkompliziert, so unschuldig, sei Dir sicher Thomas – so wunderschöne Erinnerungen haben nicht alle Frauen an einen Mann!

Oder Roman, der mich eine ganze Party lang anraunzte, ich solle doch mit ihm in die Sauna im Haus seiner Eltern gehen. Ich blieb standhaft, die blöde Schwitzerei habe ich ja schon als Kind nicht verstanden. Zugegeben, ich wäre auch nicht mitgegangen, wenn er mir gesagt hätte, dass die Sauna natürlich gar nicht aktiv war, sondern nur als Rückzugsmöglichkeit diente, aber er hätte mir das schon deutlich machen sollen.

Für Andeutungen war ich damals so gar nicht empfänglich.

Norbert, er hatte keinen Sinn für Andeutungen – das war mir nur recht, bei ihm wusste ich, worum es ging, zu jedem Zeitpunkt!

Nach der „Werbephase" machte er mir also klar, dass es nun an der Zeit wäre, diesen „letzten Schritt" zu gehen, der ihm von den Hormonen vorgegeben wurde. Als Sonderwunsch würde er es ja so wunderbar finden, wenn ich dabei Stiefel tragen würde (in meinem Kopf entstand ein Bild mit hohen schwarzen Lederstiefeln, leicht geprägt von H. Robbins ☺). Ich sagte zu, machte ihm aber auch gleich klar, dass ich so etwas „Unpraktisches" nicht besitze und er vermutlich mit meinen Goretex-Stiefeln keine allzu große Freude haben wird.

Irritiert erhielt ich die Antwort, er habe selbst welche. Als Mädchen, das zwar seine ganze Kindheit und Jugend über viele Jahre hindurch Klamotten geerbt hatte, aber niemals Schuhe angezogen hatte, die schon jemand anderer trug, rümpfte ich zwar innerlich die Nase ob dieser unhygienischen Angelegenheit, wollte aber nicht so sein, schließlich sollte ich ja in den Stiefeln nicht wandern gehen. (Leitsatz von Mutter: „Jeder hat eine eigene Fußform und eigene Stinki-Füße" – also werden Schuhe nie geteilt oder vererbt)

Zum ersten Mal also betrat ich die Wohnung des Stiefelfreundes, er öffnete einen Schrank im Vorraum und da standen sie: Rote Gummistiefel von Größe 36 aufwärts bis 41. Gebannt starrte ich die rote Regenpracht an und in mir brodelte ein Lachen, das ich keinesfalls zeigen wollte. Freundlich aber bestimmt erklärte ich mich dann doch nicht einverstanden, woraufhin er deutlich machte, dass dies für ein Gelingen des Vorhabens aber außerordentlich notwendig sei.

Wir haben uns freundlich wieder verabschiedet und er hat Jahre später eine Freundin von mir geheiratet.

Im Geiste sehe ich sie noch heute immer in roten Gummistiefeln vor mir.

Und dann trat ER in mein Leben. Ich war verliebt vom ersten Moment an, alles passte, so rund, so ohne Ecken und Kanten. Dieselben Erwartungen, Hoffnungen und Träume. Wir liebten dieselbe Musik, lasen fast dieselben Bücher, konnten lachen, reden, verrückt und ernst sein. Es war eine hochromantische Zeit und die Träumerin in mir fasste erstmals ins Auge, er könnte vielleicht DER EINE sein, ja es machte auch den Eindruck, dass er ähnlich dachte und fühlte, vielleicht war das auch der Grund dafür, dass sein Werben sehr lange ohne eindeutige erotische Ambitionen verlief. Hans, heute bewundere ich Dich dafür! Wir gingen viel miteinander aus, waren uns menschlich sehr nahe, und irgendwann war klar, dass diese Nähe auch dem körperlichen Ausleben entgegenfieberte. Total geprägt von der Geschichte mit den Gummistiefeln, meinte ich in einem möglichst neutralen Moment über diverse Vorlieben oder Tabus sprechen zu müssen. Hans meinte er sei da ganz „normal gestrickt", also keine Besonderheiten, die mich erschrecken könnten. Allerdings fügte er hinzu, dass er – wenn – schon SEHR leidenschaftlich sei. Meine Robbins – Nicht – Erfahrungen schossen nach der Reihe durch meinen Kopf. Was konnte das bedeuten? Beißen? Kratzen? Ich fragte kleinlaut: „aber ... du tust mir nicht weh?" Er – ganz erschüttert: „Nein, wie könnte ich, ich hab Dich doch so gern.". Aber dieses kleine Wort SEHR stellte in meinem Kopf mächtig viel an, doch ich hatte unendliches Vertrauen, und war offen für alles, was er mir geben wollte, und auch bereit das Wenige zu geben, das ich real geben konnte. Ich war noch verhältnismäßig unerfahren und so unglaublich unwissend damals, wie man eben nur sein kann, wenn man jung ist, nur zwei von den Eltern zensurierte Fernsehsender kennt, und ohne Internet aufwächst.

Wir verbrachten einen Nachmittag, den man nur schwer vergisst, in seiner Wohnung, und langsam, sehr langsam näherte sich die Situation, diesem im tiefsten Inneren ängstlich machenden, SEHR. Ohne dass ich es mir bewusst machte, zog ich ein wenig den Kopf ein, so als wollte ich meine Hals schützen. Der Moment kam näher und ich immer irritierter. Plötzlich wusste ich was mit SEHR gemeint war: Brüllend laut hörte ich: HHHHHHHRRRRRTAAAAAATTTTAAAAAA ... ich schwöre, das hörte sicher jeder Anwesende in dem 4stöckigen Gemeindebau! Ich starrte meinen so geliebten Hans an, meine Augen vermutlich so groß wie zwei große Burger, starrte und starrte und war einerseits so unglaublich erleichtert, dass NUR dies sein SEHR war, aber vielleicht durch die Erleichterung einerseits, und durch meinen ohnehin nicht immer leicht zu begreifenden Humor andererseits, brodelte ein lautes Lachen in mir, von dem mir klar war, dass es Alles zerstören würde, wovon ich hoffte, dass es wahr werden könnte. Durch das unterdrückte Lachen wurde mein Kopf hochrot, ich spürte es und litt Höllenqualen, damals waren Humor und Erotik für mich undenkbar in einem Satz unterzubringen, wie gesagt sehr jung und dumm. Meine sehr farbenprächtige Reaktion hielt er allerdings für allerhöchste Glückseligkeit wie es schien, das spornte ihn noch weiter an: HHHHHHHRRRRRTAAAAAATTTTAAAAAA. Es brach wie ein Vulkan aus mir heraus, der schlimmste Lachanfall meines jungen Lebens, ich schüttelte mich vor Lachen. Und dann sah ich es überdeutlich in seinen Augen: alles hätte ich ihm sagen können, ihn fragen, mir alles wünschen, ihn um alles bitten, und alles klären, aber niemals, niemals, und unter keinen Umständen hätte ich lachen dürfen. Zum ersten und letzten Mal in meinem Leben warf mich jemand regelrecht aus der Wohnung. Weinend zog ich mich dort auf diesem, zum Glück düsteren Gang, des Stiegenhauses fertig an. Viele Jahre lang ging Hans, wenn er mich sah auf die andere Straßenseite, wir haben niemals wieder ein Wort miteinander gewechselt, ich hatte ihn zu sehr verletzt, und war damals auch noch nicht soweit zu begreifen, wie leicht es gewesen wäre vielleicht alles zu erklären, meine Unsicherheit und meine geringe Erfahrung hielten mich jedoch davon ab.

Oft habe ich später noch an Hans gedacht, als ich, viel zu spät in meinem Leben, begann über dieses Thema offener zu sprechen, als ich merkte, dass Reaktionen des Partners etwas ganz Wunderbares sein können, und als mir, erst nachdem Einiges in meinem Leben nicht mehr reparabel war, klar wurde wie verschlossen ich gegenüber einem Thema war, das so viel mehr Offenheit verlangt hätte, um wirklich ganz und gar genossen zu werden. Vielleicht hatte ich zu viel gelesen zu dem Thema und zu wenig erlebt? Vielleicht war ich aber auch schlicht und ergreifend auf der Ebene wirklichen Genusses bei diesem Thema ein Spätzünder.

Sind womöglich deswegen „reifere" Frauen mitunter so beliebt bei jüngeren Männern? Weil sie ihre Wünsche und Bedürfnisse bereits kennen und artikulieren können und nicht mehr von einem Mann erwarten, dass er den Weg zu einem Ziel findet, den sie, womöglich als noch junge Frau, selbst so noch gar nicht gegangen sind, und ihn daher selbst nicht eindeutig kennen?

Wieder mal chronologisch nicht passend, aber dasselbe Thema, nur viele Jahre später. Ein Partner mit dem es am Abend lauten Streit gegeben hatte, ohne dass eine verbale Versöhnung erfolgt war, der mich nachts freundlich mit erhobener Bettdecke anstrahlte und einlud: „Da, schau was ich für dich hab'!" und meine Antwort darauf: „Und jetzt starrt mich Dein ganzes Gehirn an!".

Und jemand, der meinte ich solle mich sehr beeilen, damit mir seine männliche Glückseligkeit nicht entgeht, besonders aber deshalb, damit er im Anschluss noch das Formel1 Rennen inklusive Start sehen kann, tja – er sah auch die Werbung davor ... und mich aus der Türe gehen, grußlos.

Aber wieder zurück zu meiner Jugend ...

Eine kleine Gruppe von Boogiefreunden hatte sich zusammengefunden und regelmäßig gingen wir in ein – damals in Wien sehr bekanntes – Lokal: Papas Tapas, und wenn man dieses Lokal durchquerte kam man zu einer Türe, auf der ein Aufkleber mit „Muttis Tuttis" zu lesen war. Ein kleiner abgegrenzter Teil des Lokales befand sich hinter dieser Türe, pinkfarbene Nierentische, Spiegelfliesen und einem großen Wurlitzer, der ausschließlich mit Boogie, Rock and Roll und einigen langsamen Titeln bestückt war.
Unzählige Stunden voller Lebensfreude und jugendlicher Unbeschwertheit haben wir dort verbracht, und beinahe jedes Mal blieben wir bis Lokalschluss, um anschließend die warmen Sommernächte auf dem nahen Schwarzenbergplatz im Park vor dem Hochstrahlbrunnen ausklingen zu lassen. Eines Nachts und nach einem besonders lustigen und besonders übermütigen Tanzabend saßen wir 8 Jugendlichen also vor diesem Brun-

nen und kosteten diese – ein wenig kitschige – aber doch sehr schöne Stimmung aus. Es waren aufgrund der frühen Morgenstunde kaum Autos unterwegs und warum auch immer, – betrunken waren wir jedenfalls nicht – wir „zählten" laut die Farben mit: und ROT und WEISS und GRÜN. Irgendwann kam wieder rot, und ich fragte, was denn nur mit blau los sei. Eine Freundin beteuerte, dass auch blau in diesem Rhythmus gewesen sei, ich bestritt dies und untermauerte meine Meinung mit dem Versprechen, sollte das Wasser blau beleuchtet werden, würde ich in diesem Brunnen ein Bad nehmen.

Was soll ich sagen, wir alle waren letztendlich im Wasser, haben gelacht wie kleine Kinder und den Augenblick genossen. Ein sehr freundlicher Polizist (vermutlich von Anrainern gerufen – denn leise waren wir nicht gerade) kam dazu, lachte und sagte in gespieltem Ernst: „Ihr wisst, dass das verboten ist, oder?" Wir waren über der Grenze, ich meine diesen Moment, wo wirklich alles nur noch witzig ist, egal worum es geht und man einfach nicht mehr aufhören kann zu lachen. Übermütig fragten wir, ob er sich nicht auch abkühlen möge und daraufhin meinte er nur, dass wir langsam zum Ende kommen und heim in die Wanne gehen sollten. Da wurde uns erst bewusst, wie unglaublich das Brunnenwasser stank und wie ekelhaft wir rochen. Alle von uns mussten zu Fuß heimgehen, egal wie weit entfernt wir wohnten, denn SO ließ uns niemand in ein Taxi einsteigen. Es war eine von vielen unglaublichen Nächten, die man auch viele Jahre später in der Erinnerung noch spüren kann, wunderbar.

Ja, Anfang der 80er ging so etwas noch, würde man sich heute genauso verhalten, würde, glaube ich, kein Polizist mitlachen und -blödeln, sondern würde eher einen Streifenwagen zur Verstärkung holen.

Meine unglaublich exotische beste Freundin, Felicitas – durch ihre multikulturelle Familie lernte ich eine andere Art der Offenheit kennen, die mir so fremd war, und doch so vertraut, in ihrer Familie war ich zu Hause, vom ersten Moment an – sagte zu ihren Eltern Mama und Papa, so wie sie zu meinen Eltern. Zwar nahm die damals recht unauffällige Claudia den Part von „die Freundin von Felicitas" ein, aber das hat die Freundschaft ehrlich nie getrübt. Wir waren schließlich nicht nur optisch ein totales Kontrastprogramm.

Wir kamen aus gänzlich verschiedenen Lebenskreisen und heute denke ich, dass gerade das so faszinierend daran war.

Bei ihnen zum Mittagessen eingeladen zu sein, oder einfach zufällig anwesend zu sein – was letztendlich bei ihnen dasselbe bedeutete – war ein Erlebnis. Ein überwältigendes Wirrwarr aus bis zu vier Sprachen erfüllte laut den Raum, der stark bevölkert war von Menschen, die eben irgendjemandem in der Familie wichtig waren ... und wie neu für mich – war man einer Person wichtig, erstreckte sich dies ohne große Überlegung auf die gesamte Familie. Unzählige Menschen, die man noch nie gesehen hatte, umarmten einander und sprachen mit Akzenten – so unglaublich weltoffen, einander alle menschlich so nahe.

An ein Essen erinnere ich mich heute noch ganz besonders:

Da saß neben mir ein Mann, der so etwa im Alter meiner Eltern war (damals war es undenkbar so jemanden NICHT zu siezen), er grüßte mich mit einer väterlichen Umarmung sagte irgendwas mit „cara" (lieb) und dass ich ihn Roman nennen solle, und Du – denn Sie sage man doch nur zu Lehrern und unsympathischen Menschen. Er plauderte einen Abend lang mit mir über Schule, Freunde, Urlaub. Sprach spannend von fernen Ländern. Gab mir das Gefühl selbst schier unglaubliche und wichtige Dinge zu erzählen. Irgendwann, fiel zwar das Wort Auftritt, aber was besagte das schon in diesem Haushalt, in dem Menschen aus der Staatsoper, vom Fernsehen und aus Ballett und Musik verkehrten. Das alles interessierte mich aber damals noch kaum, ich war noch so jung und all das war doch – im Grunde – für ältere Menschen!

Als ich daheim den Namen dieses Herren meiner Eltern gegenüber erwähnte, zog, glaube ich, meine Mutter die erste Ohnmacht ihres Lebens in Betracht. Der Mann, der mich umarmt und mit mir geplaudert hatte, war ein sehr berühmter Opernsänger, für den Mama ein wenig schwärmte – um es höflich auszudrücken.

Durch Felicitas und ihre Eltern schnupperte ich auch bei den Salzburger Festspielen erste klassische musikalisch Luft. Und wurde sofort von allen Sitzen rund um uns gehasst, ich knabberte während der gesamten Aufführung der Zauberflöte harte, saure Bonbons – das störte mächtig! Felicitas Mama jedoch strahlte mich an und fragte freundlich, ob noch alle Zähne heil wären, sie mache sich Sorgen, ich könnte mir einige ausgebissen haben!

Damals in diesem Jahr bevor ich meine Lehre antrat, sozusagen der letzte unbeschwerte Sommer mit 15 Jahren, wahrlich stundenlanges Frisbeespielen am Domplatz, Studentenlokale für die wir zu jung waren. Die Wasserspiele in Hellbrunn, die wir auf einem langen nächtlichen Fest sahen, der Jedermann. Das erste Mal alleine über die Grenze nach Freilassing und drei Stunden Angst, jemand könnte das Paket Zigaretten finden das wir „unauffällig" in der Hose trugen, und Kino, ununterbrochen Kino, von American Gigolo mir R. Gere bis hin zu Schwanensee, wir sahen in dieser Bruchbude so ziemlich Alles in diesem Sommer.

Bruchbude ist im Vergleich zu einem heutigen Kino eine extreme Übertreibung, ins positive!

Ein Raum mit überdimensional großen Lautsprecherboxen, am Boden (!) welche die Füße der, in der ersten Reihe sitzenden, Besucher berührten, weil zu wenig Platz war. Und wo saßen junge Mädchen mit wenig Geld? Sehr richtig, beinahe IN der Box sozusagen. Das war bei den Musikfilmen zwar nicht schlecht, dass das unangenehme harte Vibrieren im Magen noch Stunden später zu spüren war, aber der EXORZIST hat mir wirklich den Rest gegeben. Großer Fehler vorweg, sich einen Film anzusehen von dem man das Buch kennt, ist selten eine gute Entscheidung. Schon immer waren in gruseligen oder spannenden Filmen die akustischen Effekte für mich weit „schlimmer" zu ertragen als das, was man auf der Leinwand sah! Ich habe bei DER EXORZIST fast eine Stunde durchgehend meine Ohren zugehalten und dennoch alles gehört, weil der brüllende Lautsprecher neben meinem Bein stand. Ich war auf einmal nicht mehr 15 sondern 8 Jahre alt, und ich war, daran erinnere ich mich gut, nicht die einzige, die ihre Ohren zuhielt in diesem Filmtheater! Denn den Ton hatte man damals schon gut drauf bei diesen Filmen!

Die wenigen, wirklich kulturell hochwertigen Musikgenüsse meines Lebens verdanke ich dieser Familie und bin grenzenlos dankbar dafür, ich habe auch menschlich so viel von euch gelernt, aber ein Boogie bleibt einfach ein Boogie. Und Papa C. Du warst der beste und lustigste Trauzeuge, den eine junge Frau nur haben konnte. Danke!

Ach ja, die Hochzeit. Das letzte unverheiratete „Kind" heiratet den „einzigen Sohn" ebenfalls den letzten unverheiratete Spross einer Familie.

Schon klar, was das bedeutet?

Man hofft zwar, dass es die letzte Hochzeit der eigenen Kinder ist (man wünscht es sich zumindest – es tut mir wirklich leid, bei uns beiden habt Ihr Euch da leider getäuscht) aber manch ein Elternteil – ich nenne keine Namen – meinte sich bei so einer „letzten Chance" besonders einbringen zu müssen.

Es gab in diesen beiden Familien bereits insgesamt fünf Hochzeiten, die eigenen elterlichen nicht mitgerechnet, auf die man erfahrungsmäßig zugreifen konnte, ob das junge Brautpaar das nun wollte oder nicht.

Ein wenig hofften wohl alle Elternteile, noch rasch ihre vermeintlich selbst nicht erlebten Prioritäten bei einer Hochzeit anbringen zu können.

Schon im Spätherbst, als das Heiraten ein Thema wurde, hatten wir uns für das Datum entschieden. Einfach so, Kalender hervorgeholt, einen Fenstertag im Juni ausgesucht (im Mai heiratet schließlich jeder!) und wir hatten unser Hochzeitsdatum.

Eines muss ich vorausschicken, mag sein, dass mein Mann und ich nicht immer harmonierten, uns verschieden entwickelten, Verschiedenes vom Leben erwarteten, uns letztendlich nicht gerade freundlich trennten, aber eines kann ich sagen, ich kann mir keinen anderen oder verständnisvolleren Mann für eine Hochzeitsvorbereitung vorstellen, der sich derart großzügig einbringt, indem er die kleinen und größeren Spinnereien seiner Braut als ebenso wichtig nimmt wie sie selbst. Der nicht darüber lacht, dass sie bereits 7 Monate vorher weiß, dass sie sich eine „Brautentführung" wünscht. Ein Mann, der nicht einmal die Stirn runzelt, wenn die

Braut sich einbildet, zehnmal am Tag über ein und denselben unwichtigen Kram zu reden, weil sie ausflippt vor Freude. Ein Bräutigam, der niemanden belächelt und der 3 Stunden vor der Trauung nach etwas „Blauem" sucht.

Hut ab lieber M. Du hast bis zum Tag X wirklich viel Geduld mit mir gehabt, das weiß ich sehr zu schätzen!

Also war das Datum klar und bereits im Dezember waren wir auf dem Standesamt, um uns anzumelden, denn uns war klar, dass an einem Fenstertag-Freitag im Juni sicher noch mehrere Paare heiraten würden. Wir wollten diesen Tag aber definitiv, da einige Verwandte aus den Bundesländern anreisen würden und wir es praktisch fanden, dass eben am Tag davor ein arbeitsfreier Tag war.

Die allernächsten Verwandten wurden bereits mündlich darüber unterrichtet, die Einladungen wollten wir jeweils im Frühjahr persönlich übergeben.

Im Jänner wurde angekündigt, dass mit Ende Juni in Österreich die Heiratsbeihilfe (damals bekam man als Erstvermählter vom Staat eine finanzielle Beihilfe) abgeschafft wird, und ab diesem Zeitpunkt waren sich viele Freunde und Verwandte sicher zu wissen warum wir im Juni heiraten wollen – nicht dass es wichtig war, aber es störte mich schon, dass man so von uns dachte – egal, ich wusste ja, dass es nicht so gewesen war.

Dieser politische Entscheid rief eine regelrechte Welle an Hochzeiten hervor, die schier unglaublich war, und im Juni wurden an manchen Ämtern die Hochzeiten im Viertelstundentakt absolviert, wie am Fließband! So hatten wir uns das eigentlich nicht vorgestellt.

Kaum war im Jänner diese Nachricht verlautbart worden war Hochsaison im Brautsalon kann man sagen.

Da ich mich ehrlich gesagt nie als Braut im weißen Kleid im Stil von Kaiserin Sissy sah, betraf es mich vorerst aber nicht. Dann jedoch passierte etwas, das ich später von vielen Paaren in ähnlichen Situationen bestätigt bekam – irgendwie bekam die ganze Hochzeitssache eine Eigendynamik.

Da die Familie meines Mannes und auch er sehr gläubige Katholiken waren, stand auch eine kirchliche Trauung an. Beide Mütter hatten bereits Töchter, die verheiratet waren – jedoch hatten diese bereits geschiedene Männer geheiratet, somit nicht kirchlich und nicht „weiß".

Meine Mutter sprach es „vorsichtig" als erste an, ob ich mir nicht doch vorstellen könnte, eventuell, möglicherweise, ein ganz klein wenig ihr zuliebe, aber ganz besonders natürlich für meine schönen Erinnerungen und um es potenziellen Kindern erzählen zu können, ...

Meine zukünftige Schwiegermutter war dezenter aber in selbiger Richtung unterwegs. Beide winkten mit dem kaum merkbaren Zaunpfahl sich gerne finanziell beteiligen zu wollen, wenn etwa der Preis der einzige Grund sein sollte. Wir hatten einfach andere Vorstellungen gehabt, aber ganz unwesentlich war das Geld natürlich nicht.

Die beiden Mütter und die vier bereits verheirateten Schwestern (Schwägerinnen) tönten durch dasselbe Horn, ein wenig hatte ich das Gefühl, dass wir ein wenig auch für all die Bräute der Familie, die nicht weiß getragen hatten, mit heirateten.

Alles fing mit einem traumhaft schönen Kleid an, zu dem man aber auch natürlich passende weiße Schuhe brauchte, Strümpfe und ein Beutelchen (gerade ich, die nicht mal ein Typ für Handtaschen bin und normalerweise alles in Jeanstaschen stopfe), von dem ich nicht mal wusste wie man das trägt. Aber irgendwie rutschten die Mütter und auch ich da hinein. Wie gesagt Eigendynamik! Gegen Schleier hatte ich mich strikt gewehrt, aber zu dem schönen Kleid und all dem Drumherum, das ich als sinnloses Klimbim abtat, MUSSTE ja wohl auch ein Schleier her, es blieb – das setze ich durch – bei halblang, sogar das schien mir beim Kauf noch übertrieben.

Einen Reifrock lehnte ich schon alleine wegen des geradezu absurden Preises ab, und die Praktikerin in mir fragte sich vor allem, wie man mit dem unförmigen Ding wohl je zur Toilette gehen sollte. Letztendlich hat meine Schwiegermutter einen flexiblen Reifrock in harter Arbeit für mich genäht, also waren alle Mütter zufrieden und ich, ja ich, ich war perplex dass sich eine seit Jahren feststehende Meinung (kein Kleid, maximal ein Rock aber am liebsten Hosenanzug, und keinesfalls weiß) so schnell ändern kann wenn das *Kitsch-Hormon* zuschlägt.

Die Braut war also im Frühling fertig eingekleidet, alles wurde bei meinen Eltern verstaut, damit mein Mann nichts davon zu sehen bekam.

Das nächste Projekt war, ein passendes Lokal zu finden – man heiratet ja schließlich nur einmal (oder so ...). Nicht einfach damals, denn uns war nicht bewusst, dass sehr viele Lokale den Fenstertag auch nutzen würden und geschlossen hielten. Die Lokale, die wir uns im Geiste schon ausgesucht hatten fielen dadurch schon mal weg.

Da wir in Wien standesamtlich und in Niederösterreich kirchlich heiraten wollten – alles an einem Tag (klar wir hatten ja keine Vorstellung davon, was das an Zeitmanagement erfordert, in zwei Bundesländern und an einem Tag zu heiraten und zusätzlich dafür zu sorgen, dass alle Gäste auch hin und her befördert werden), bedurfte es ohnehin einer peinlich genauen Planung, deshalb sollte das Lokal, in dem wir feiern sollten, nicht ganz aus der Welt sein.

Wir gingen damals oft auf Probe essen, haben Mappen gewälzt, die in Lokalen auf lagen. Endlich war es geschafft und wir hatten das richtige Lokal gefunden, heute ist mir klar, dass diese Aktion recht sinnlos war, denn für zwei Personen kann jedes Lokal optimal kochen und servieren – ob das auch bei 60 Personen funktioniert, weiß man ohnehin erst wenn es soweit ist.

Mein Mann hatte ohne mein Beisein die herrlichen Blumen bestellt, je einen Brautstrauß für Standesamt – gelbe Rosen – und Kirche, farblich und vom Stil passend zu meinem Kleid, das ich am Standesamt tragen würde, und meine Lieblingsblumen – Orchideen für die Kirche, das Gesteck für das Brautauto. Als er die blumige Pracht auspackte brach vermutlich seine Welt der Blumen in Stücke. Der vom Preis her günstigste – das Bukett fürs Auto, war eine Dimension für sich, sehr groß und sehr auffällig, und die Blumen, die ihm am wichtigsten erschienen – der Strauß für die Kirche – war im Verhältnis sehr „klein“. Niemals ist es ihm dabei ums Geld gegangen und er hätte vermutlich alles bezahlt, wenn dieser Strauß eindrucksvoller gewesen wäre, die viel teureren Orchideen waren zart und lieblich, aber der Kontrast zu den regelrecht billigen Blumen für das Auto, raubte meinem Bräutigam zuerst den Atem und dann den Nerv. Zornig zeigte er die Blumen auch seiner Mutter, die – entzückend – meinte: „Ja aber die sind ja so edel, prachtvoll und dezent!“ Wütend schnaubte er, dass dezent gleichzusetzen wäre mit geizig – in diesem Falle. Sie fand den Strauß NETT, liebe selige Schwiegermama … NETT ist maximal die Nachbarin, oder ihr Pudel. Und … entschuldige den Ausdruck, aber nett ist der kleine Bruder von Scheiße – in so einer Situation.

Wie auch bei einem „netten“ Date, da gibt es sicher niemals mehr ein zweites …

Und mein Bräutigam legte keinen Wert auf NETT, er wollte diesen einen besonderen Strauß, für diesen besonderen Moment, und er wollte weder nett noch dezent. Man muss allerdings zugeben, dass der Strauß deutlich gewann, als das Bukett fürs Auto nicht mehr danebenlag, und ich persönlich fand ihn wunderschön!

Er war, was das betraf, immer ein Perfektionist und niemals wieder hat jemand mir mit solcher Freude die allerschönsten und ausgefallensten Blumen, Blumenstöcke und Gestecke geschenkt, wie mein Mann, obgleich er doch wusste, dass ich Blumen in einem Tempo killte, das nicht zu überbieten war – bis heute schaffe ich es nicht, dass auch nur irgendein Pflänzchen bei mir überlebt.

Die Geschichte mit den Einladungen, ehrlich, das hatten wir uns einfacher vorgestellt, wochenlang waren wir – damals beide berufstätig – abends und an den Wochenenden ständig unterwegs, weil wir uns doch vorgenommen hatten, alle persönlich einzuladen, damit setzten wir uns selbst einem Stress aus, der uns ganz schön zusetzte und viel Schlaf kostete. In meiner Erinnerung haben wir unendlich viele Kaffees getrunken und viel zu viele Stunden im Auto verbracht. Endlich waren alle Einladungen an die Verwandten und Freunde ausgeteilt, und das Brautpaar war erschöpft.

Das bewirkte, dass ich knapp vor der Hochzeit einige Kilos abnahm ohne das wirklich zu realisieren.

Der Sitzplan, jeder kennt das Dilemma oder?

Tanten, die alleine kommen, Paare die mit anderen zerstritten sind, Raucher und Nichtraucher, die man nicht nebeneinandersetzen kann, der trinkfeste Onkel, der unmöglich neben der feinen Dame sitzen konnte ...

Dazu kam, dass unsere Familien zwar sehr höflich zueinander waren, aber sicher nicht in allergrößter Liebe zueinander schwelgten.

Der Tag war also doch gekommen, den letzten Abend hatten wir noch damit verbracht, alle Personen die andere Leute im Auto mitnehmen mussten, telefonisch noch mal darauf hinzuweisen, welche Verwandten ihnen anvertraut werden.

Frühmorgens starteten wir zum Friseur, ständig aus der Glasscheibe hinauslinsend, ob das Wetter nicht schlechter wurde.

Gefühlte zwei Liter Haarspray später waren wir also soweit und fuhren zum Standesamt. Es liegt – auch heute noch – im dritten Wiener Gemeindebezirk und wohl jedes Brautpaar, das dort heiratete und es noch tun wird, hat unzählige Fotos vor dem malerischen Brunnen vor dem Gebäude.

Man sammelte sich, nur mein geliebter Papa C. kam und kam nicht, es wurde langsam flau im Bauch, ich hatte ihm exakt erklärt, was seine Aufgaben waren, auch, dass er bei einer Brautentführung die Zeche zahlen musste, um mich auszulösen – denn diese Sitte kannte er nicht.

Die Gesellschaft marschierte langsam in das Stockwerk, in dem sich das Standesamt befindet und dort staunten wir nicht schlecht über wahre Menschenmassen.

Die Trauungen wurden im 15 Minuten-Takt durchgeführt und in dem kleinen Warteraum waren noch 2 Hochzeitsgesellschaften, die warteten und eine, die bereits beim Gratulieren angelangt war. Die wirklich reizende jüngere Schwester meines Mann war besonders höflich und grüßte sich brav durch unsere Familien durch, immer mit einem strahlenden und entwaffnenden Lächeln und einem „ich bin die Schwester vom Bräutigam" auf den Lippen. Bis sie einem Herren dasselbe sagte und er trocken meinte: Das sollte ich aber wissen, ich BIN der Bräutigam. Sie hatte alle Gesellschaften durchgegrüßt und war schon lange nicht mehr bei unseren Gästen. Dann ließ sie das Grüßen bleiben, soweit ich weiß.

Nach der Trauung wurden obligate Fotos gemacht, im Gebäude, vor dem Gebäude und selbstverständlich auch vor dem bereits erwähnten Brunnen.

Drei Neffen von mir und zwei Neffen und eine Nichte von meinem Mann, alle noch unter 10 Jahren, tobten dort mehr oder weniger um diesen Brunnen. Der Sohn meines Bruders in seinem schicken Samtanzug und blitzblank glänzenden Lackschuhen war das eine Kind ...

Die „grüßende" Schwägerin sah es, und wanderte von einem zum anderen und fragte freundlich: „War das Ihr armes Kind, das in den Brunnen gefallen ist?" Als sie mit dieser alarmierenden Frage bei meinem Bruder angelangt war, schnappte dieser sich meinen kleinen nassen Neffen mit einem gebrummten „ja" und fort war er ... meine Schwägerin folgte kurz darauf den nassen Fußspuren eine ganze Gasse entlang. Ich bewundere heute noch, wie die beiden es geschafft haben, dass der Samtanzug am Nachmittag wie neu aussah.

Dann teilte sich die Gesellschaft auf.

Mein Mann fuhr mit einem Teil der am Vormittag noch nicht vollzähligen Gästeschar in unser Lokal, um dort zu sehen, ob alles in Ordnung war. Meine Schwestern und Mutter fuhren mit mir in die Wohnung, in der ich meine Kindheit und Jugend verbracht hatte, und meine Mutter stellte mir lächelnd das erste Kartoffelgulasch als verheiratete Frau auf den Tisch.

Dann wurde ich „eingekleidet", so wurde das damals ernsthaft genannt. Die Braut einkleiden, das machen Frauen der Familie.

Ich wollte es ursprünglich nicht so, aber ganz ehrlich, das Kleid, der Schleier, sogar das absolut dämliche Beutelchen das hatte etwas ... plötzlich fühlt man sich so richtig als Braut, und ich bedauerte es nicht, dass ich überzeugt worden war.

Als ich nun als fertige Braut diesen hohen Gemeindebau verließ und die vielen Menschen, die ich seit meiner Kindheit kannte und die nun – alarmiert von meiner Lieblingsnachbarin – an Fenstern und auf Balkonen standen, mich ansahen und winkten und applaudierten, da wurde mir – obwohl ich schon länger nicht mehr hier wohnte – richtig bewusst, dass ein ganz neuer Abschnitt begann, dass mein Leben nun endgültig nicht mehr zwischen diesen Bauten und diesen Menschen war, ab nun würde ich hier zu „Besuch" sein.

Als wir Wien verließen und Richtung Kirche unterwegs waren, begann es in Wien zu schütten und es regnete 2 Stunden durchgehend.

Als wir an der Kirche ankamen, hatte es dort gerade zu regnen aufgehört. Mein ganzes Leben habe ich geraunzt das Timing nicht mein Ding wäre, aber an diesem Tag regnete es nie dort, wo wir uns gerade aufhielten!

Alleine die Blicke der Verwandten und Freunde, besonders der Mütter und Schwestern bestätigten, dass die Entscheidung für „die große weiße Hochzeit" richtig gewesen war. Und ich fühlte mich ganz wunderbar, als mein Vater mich durch das Spalier von Menschen, die uns mochten und nahestanden, nach vorne zum Altar brachte, mir die Hand küsste, und mich anschließend an meinen Mann „übergab".

Wir saßen, knieten und standen in Eintracht vor dem herrlich schönen Altar, und mir fiel erst jetzt auf, dass der extra für mich angefertigte Reifrock und das Kleid die wenigen Minus-Kilos deutlicher „merkten" als ich selbst. Beim Aufstehen rutschte der Rock unter dem Kleid hervor und ich blieb wie ein Storch mit dem Schuh darin hängen und wankte, mein Mann kam mir jedoch sofort zur Hilfe, meine Mutter aber war ab dem Zeitpunkt sicher, mir sei vor Nervosität schlecht geworden. Auf dem Hochzeitsvideo sieht man, wie ängstlich sie mich die ganze Trauung über anschaute und sie überlegte wohl, ob sie mir zur Hilfe eilen müsse, wenn ich einfach dezent umkippen würde.

Seit meiner frühesten Kindheit träumte ich von einem langen Autokonvoi, der langsam und hupend unterwegs ist, mit dem glücklichen Brautpaar im letzten, mit Blumen geschmückten Auto, dem die Passanten zuwinken (bitte für Träume kann man ja nichts!).

Nur ehrlich, mehr als 20 Fahrzeuge auf der doch etwas längeren Strecke, mit gefühlten 300 roten Ampeln zwischen den Abfahrts- und Ankunftspunkten, das ist nicht sehr realistisch, zugegeben. Als der Onkel meines Mannes, der das mit den herrlichen Blumen geschmückte Brautauto lenkte, merkte, dass ich ehrlich enttäuscht war, dass dieser Konvoi bereits nach kürzester Zeit zerrissen war, fuhr er ganz ungeplant und gänzlich ungeniert von der Ringstraße das kurze Stückchen in die Wiener Kärntner Straße und am berühmten Hotel Sacher vorbei, alles im Schritttempo, hupend wie ein entflohener Irrer und brüllte aus dem Fenster: Ja, sie sind frisch verheiratet. Es wurde ringsum gehupt, gelacht, gratuliert. Touristen in einem Fiaker starrten uns an, als ob wir gefährliche Terroristen oder Landesverräter seien. Es lässt sich schwer erklären, wie sehr ich diesen Onkel in diesem Augenblick liebte, denn er machte meinen eigentlich dummen, Kleinmädchentraum wahr, es war wunderschön, und es fühlte sich genauso an, wie ich es mir gewünscht hatte.

Erst später erfuhren wir, wieso mein so innig gewünschter Konvoi nicht klappte: Mein Schwager, der mit seiner Band die Musik zu unserem Fest beisteuerte, wollte in Eile vorausfahren, um den Aufbau der Instrumente zu überwachen. Und alle anderen Fahrer der anderen Fahrzeuge schossen – aus Angst sie könnten den Anschluss verlieren – wie die Geier hinter ihm her!

Übrigens finde ich auch heute Brautkonvois noch schön, habe auch immer brav gehupt, wenn mir welche begegnet sind!

Ach ja, mein lieber Papa C. kam 1 Minute vor der standesamtlichen Trauung – und gab jedem, der es verdiente und nicht verdiente unglaublich großzügige Trinkgelder, weil er meinte, das sei seine Pflicht, und als meine Schwestern mich entführt hatten und er mich „auslöste", war er geradezu enttäuscht, wie wenig wir konsumiert hatten. Nur Antialkoholiker waren an diesem Tisch versammelt und die wenigen Softdrinks hatten keine große Zeche verursacht. Er hatte mit einer so viel höheren Summe gerechnet (weil ich ihn auf die Entführung zwar vorbereitet hatte, aber nicht bedachte dass seine Landsleute vielleicht eher nicht bei Kindergetränken gefeiert hätten) und war nun geradezu erschüttert, dass es so wenig kostete, Trauzeuge bei mir zu sein. Also warf er auch den restlichen Abend schmissig mit Trinkgeldern um sich, und ein Teil des Personals schmunzelte über den stolzen Brautvater – für den sie ihn hielten.

Wenige Wochen nach der Hochzeit entschloss ich mich zu dem, was viele Bräute glauben zu wollen, und es dann nach der Hochzeit doch lieber bleiben lassen.

Ich ließ mein Brautkleid umfärben.

Man legte mir eine Farbkarte vor, eine Babyfarbe neben der anderen, na wunderbar.

Damals hatte ich hellblondes Haar, war meist sehr blass, da wirken diese Bonbonfarben ja ungemein vorteilhaft, immer habe ich starke Farben bevorzugt, knalliges Blitzblau und wildes Türkis – das waren meine Farben. Das teilte ich dem Mitarbeiter der Firma mit, die aus meinem Brautkleid ein wunderbares Ballkleid machen sollte. Er zögerte, wollte mir noch ein Babyblau aufs Auge drücken und resignierte unter unseren Blicken. Uns wurde erklärt, dass mein Kleid viel länger als üblich in der Farblauge liegen müssen würde, dadurch könnte der Stoff Schaden nehmen. Noch dazu waren 8 Schichten kreisrunder Tüll und Unmengen an Spitze nicht unbedingt dazu geschaffen die Farbe gleichmäßig anzunehmen. All das akzeptierte ich schriftlich, ich war mir sicher, weiß würde ich das Kleid auf keinem Fall tragen wollen, ich war ja keine 16jährige Debütantin mehr (selbst auf meinem ersten Ball einige Jahre zuvor trug ich nicht weiß).

Wochen später trabten wir also an um das nun türkise Kleid abzuholen. Wow – die verschiedenen Materialien hatten zwar die Farbe nicht gleich angenommen, aber dadurch – fand ich – gewann das Kleid sogar noch, ein Traum in Türkis!

Also wurde es Zeit für den ersten als Eheleute besuchten Ball. Wir putzten uns heraus und das wunderschöne Hotel, in dem der Ball stattfand war genau der richtige Rahmen, um das herrliche Kleid zu tragen. Mein Mann im dunklen Hochzeitsanzug, wir waren schon ein sehr hübsch anzusehendes Paar finde ich.

Während wir das erste Mal tanzten merkte ich, dass mein Kleid sanft an mit zerrte, ja wirklich! Es war ein langsamer Tanz und mein Kleid schmiegte sich, wenig dezent ... an den Herren, der neben uns tanzte. Gar nicht peinlich! Warum kuschelte das blöde Kleid nicht wenigstens mit meinem Mann – sondern mit einem anderen Tänzer? Ist Loyalität unter Brautkleidern nicht üblich?

Elektrisch aufgeladen klebte es an diesem Mann, der äußerst irritiert war, mein Mann und ich unterhielten uns allerdings blendend darüber, der Abend war lustig und amüsant. Nach der Ballnacht also das Kleid wieder zur Färberei gebracht und gefragt was wir nun tun könnten. Man verkaufte uns einen Spray und erklärte uns auch, warum das Kleid nicht an meines Mannes Hose festklebte – es war eine Wollmischung, elektrisch reagierten meine Unmengen Tüllschichten nur bei synthetischen Hosen.

Der nächste Ball, sehr vornehm in Schönbrunn, elegant und weit konservativer als der vorige. Hier wollte ich keinesfalls unangenehm auffallen, schließlich war es eine Veranstaltung der Behörde, für die mein Mann arbeitete, ich war nicht ganz so ausgelassen, eher sogar eingeschüchtert von all dem Prunk und den beruflichen Hoheiten.

Wir passten zwar auch in diese Umgebung wirklich gut, sahen toll aus, tanzten viel, das Kleid blieb „anständig", aber es war alles erheblich steifer und „klassischer".

Dort gab es, wie in den alten Filmen, die ich als Kind so gerne gesehen hatte, einen eigenen Erfrischungsraum, bevor man zu den Toiletten kam. Alleine weil es so reizend aussah, setze ich mich in so einen entzückenden, kleinen, roten gepolsterten Fauteuil, tupfte mir das Gesicht ab und genoss die Eleganz und den optischen Luxus. Dann stand ich auf und war auf dem Weg zur Toilette... und mein Kleid blieb auf dem Fauteuil. Der Samt hatte mein Kleid wieder aufgeladen, mehr als je zuvor. Zum Tisch zurückgekehrt, fein säuberlich mein Kleid beim Gehen im Zaum haltend, und vorsichtig wieder hingesetzt, versuchte ich durch kryptisches Augenrollen und nicht erkennbare Handzeichen meinem Mann die Situation zu erklären, wortlos.

Währenddessen schmiegte sich mein Kleid unter dem großen achteckigen Tisch sanft an und um das Bein des älteren Herrn Hofrat der neben mir saß und mir ohnehin so viel Respekt einflößte mit seinen strengen Blicken.

Mein Gesicht wurde von Minute zu Minute roter, und mein Mann verstand meine dämlichen Versuche, ihm beizubringen was los war, nicht. Der Herr Hofrat neben mir, der den ganzen bisherigen Abend streng und beinahe böse geblickt hatte, schaute ihn an und meinte: „Herr Ingenieur, ich denke was Ihre Frau so verzweifelt versucht Ihnen klarzumachen – bei diesen Worten hob er das Tischtuch an – ist, dass ich da etwas habe, das mir nicht gehört". Und zeigte auf 8 Schichten türkisen Tüll, die an ihm klebten als wären sie dort mit Klebstoff angepappt worden. Aber wer konnte schon ahnen, dass der Herr Hofrat eine Polyesterhose trug?

Der Abend blieb danach eher steif, aber daheim haben wir Tränen gelacht – gut ich habe mein Brautkleid nur 2x öfter getragen als andere Bräute, aber ich habe es getan.

Und wieder auf einem anderen Ball – ich war so verärgert, dass mein Mann nicht so oft mit mir tanzen wollte, wie ich es mir in den Kopf gesetzt hatte. Wir saßen an einem Tisch, sprachen kaum, weil ich auf stur stellte, und er vermutlich, weil ich dickköpfig wie ein Kind darauf bestand, tanzen zu müssen. Es wurde von der Band eine Damenwahl ausgerufen. Mein Leben lang habe ich (außer meine Partner – aber die beinahe mit Gewalt) niemals Jemanden zum Tanzen aufgefordert, dazu reichte das Selbstbewusstsein einfach nicht, ich würde im Boden versinken, wenn ich nach einem Korb abziehen müsste. Im Grunde bewundere ich alle Männer für diese Momente. Aber als mein Göttergatte leicht angesäuert meinte, ich solle eben mit jemanden anderen tanzen – wohl wissend das ich den Mut dazu nicht haben würde, DA stand ich trotzig auf! In mir blitzte noch der Gedanke auf: Nimm jemanden der in der Nähe steht, dann ist im Notfall der Rückzug nicht weit!! Ich forderte leise flüsternd aber tapfer lächelnd einen sehr eleganten Herrn zum Tanz auf, der an der nahen Bar lehnte. Dem Himmel sei Dank – er sagte auch ja. Und langsamen Walzer tanzen konnte er wirklich sensationell.

Nach einem Titel bedankte er sich höflich und meinte er müsse nun wieder arbeiten. Bitte WER geht denn auf einen Ball und muss von dort weg zur Arbeit gehen???

Der Oberkellner!

Wer kann schon von sich behaupten, den Kellner zum Tanzen aufgefordert zu haben? Ich!

Wenigstens servierte er nicht an unserem Tisch, aber mein Göttergatte lag beinahe unter dem Tisch vor Lachen, und nach einigen Minuten – so bin ich nun mal gestrickt – lachte ich natürlich mit. „Mein Kellner" holte mich übrigens später in seiner Pause – natürlich mit Erlaubnis meines Mannes – noch zu einem Foxtrott.

Beruflich war ich seit meiner Lehre in der Innenstadt von Wien bis zur Geburt unseres ersten Sohnes im Verkauf tätig, und damit meine ich nicht einfach Etwas, das Jemand möchte, zur Kasse tragen, kassieren und verpacken, sondern wirklich in Geschäften, in denen noch ernsthafte Beratung und Artikelwissen zählte.

Eines dieser Geschäfte, in dem ich wirklich gerne arbeitete, war eine Filialkette und ich mochte den Umgang mit den Kollegen und den Kunden. Ich liebte, es zu beraten und noch mehr mochte ich glückliche und zufriedene Kunden, das war einfach durch und durch mein Ding. Als ich eines Tages in dieser Filiale einige Stunden alleine verbrachte, vermutlich um die Mittagszeit, da es sehr heiß und sehr sonnig war, roch ich Rauch. Ich mochte es zu verkaufen, und ich liebte den Kundenkontakt und war denke ich bei Kunden beliebt, aber bitte – Heldin war ich sicher keine!!! Aus dem Schaufenster – das sinnigerweise – unter anderem mit einem Spiegel dekoriert war, drang Rauch. Viel Rauch!

Also stürzte ich zu dem Feuerlöscher, der an der Wand hing, überflog die, in Bildern für besonders Dumme angegebene Anleitung und los ging es! Ich erinnere mich, dass das kleine Ding eine Kraft in meinem Arm entwickelte, die ich nie für möglich gehalten hätte, der „Rückstoß" sozusagen. Und ich löschte, ich löschte im Schaufenster, und als dieses bis oben hin voller Schaum stand, löschte ich davor – das Flaschen-Gerät sah nicht vor, dass man es abstellte, sondern löschte bis es leer war! Der Schaum stand nun bereits an all den wenigen Stellen des Geschäftes, an denen keine Ware zu finden war, aber leer war die dumme Flasche immer noch nicht.

Also schaute ich mich nach der kostengünstigsten Ware um und löschte eifrig alle Sockenständer – die nie gebrannt hatten – ich löschte auch die Unterwäscheabteilung und endlich, als ich zu den Abverkaufs-T-Shirts kam, war die Flasche leer. Da stand ich noch, als meine Kollegin zurückkam. Sie schaute sich um, starrte mich an und brüllte einfach nur los, hielt sich den Bauch vor Lachen. Frechheit, wie konnte sie lachen, wo ich doch soeben eine Heldentat verbracht hatte! Wenige Stunden später, als der „Oberboß" kam, um mein Werk zu besichtigen, lachten wir allerdings beide nicht mehr. Kleinlaut schilderte ich die Situation. Ernst sah er mich an und meinte dann, das nächste Mal wäre ich dankbar wenn Sie ein glosendes (also nur qualmendes) Stück Stoff zuerst mal mit einem Gläschen Wasser löschen, bevor sie eine halbe Filiale unter Schaum stellen, und fügte lachend hinzu: „oder Sie könnten den Rest der Flasche auf den Gehsteig sprühen, dann wäre wir wenigstens in die Zeitung oder ins Fernsehen gekommen!" Dabei lachte er laut über seinen Scherz, aber auch über mich und das Fiasko. Es stand mir nicht zu, schon klar, aber in diesem Moment war mein Chef der tollste Chef der Welt, und am liebsten hätte ich ihn dafür umarmt!

Ich war dankbar, dass mein Boss so nachsichtig mit mir war und sogar gelacht hatte. Ach ja, es roch tagelang sehr chemisch in unserer Filiale!

Immer lachte er allerdings nicht gleich. Bei meiner zweiten, sehr verpeilten Aktion, nur wenige Monate später schluckten wir schwer, der Boss, alle Kollegen dieser Filialkette und so manch einer sonst ...

In dieser Zeit kamen erst so richtig die heute üblichen Bankomaten auf die Straßen, es war noch recht neu und manch einer behob Geld vor einer geöffneten Bank, nur um damit angeben zu können! Heute unglaublich – damals tägliche Realität.

So kam es oft vor, dass man, wenn einige Kunden mit Banknoten aus einem Bankomaten bezahlt hatten, in der Kasse des Geschäftes ganz „neue" und „druckfrische" Geldscheine hatte. Seltsamerweise waren diese bei Kunden so beliebt, als wären sie mehr wert als abgegriffenere Scheine. Und, mein Humor und ich liefen verbalen Amok:

Eine Kundin bezahlte eine recht geringe Summe mit einem 1000-Schillingschein, damals hieß das immer – Vorsicht – es könnte eine gefälschte Note sein, und wir suchten grundsätzlich nach den damaligen Sicherheitsmerkmalen der Scheine, bevor wir das Retourgeld herausgeben durften. In unserer Kasse lagen in diesem Moment zuoberst nur ganz frische „Bankomatscheine" und ich zählte sorgfältig das Retourgeld ab und überreichte es der Kundin mit einem lächelnden: „Da, schauen sie, alle wie frisch im „Keller" gedruckt". Ich lachte, die Kundin und meine Kollegin lachten ebenfalls über den kleinen, eher abgedroschenen Scherz, der damals so gängig war. Sie lachte draußen nicht mehr und ging sofort zur Polizei. 20 Minuten später: Die Filiale wurde von der Kripo gesperrt und es musste auf der Stelle ein Kassasturz gemacht werden, alles Geld, das sich in der Filiale befand wurde gezählt und einzeln kontrolliert. Weitere 20 Minuten später, alle Filialen der Kette wurden ebenfalls gesperrt, selbe Situation. Niemand lachte mehr, ich schon gar nicht. Verdacht auf Falschgeld bei der Firma ... wir hatten etwa 20 Sekunden in den Nachrichten im Abendprogramm auf ORF1. Ich packte meine wenigen Habseligkeiten noch bevor der Chef da war. Mir war klar, in so einem Fall von Blödheit gibt es nur eine Konsequenz – die fristlose Kündigung! Als er vor mir stand und ich ehrlich mit den Tränen kämpfte, sagte er mir ganz schlicht: „Sie und ich, wir könnten stundenlang lachen und uns amüsieren, aber Sie müssen begreifen, dass nicht alle Menschen diesen oder überhaupt Humor haben und über kleine Dummheiten lachen können, das ist sehr schade, aber die Wahrheit." Sein Gesichtsausdruck wurde sanfter und etwas väterlicher:

„Aber damals als es „brannte" habe ich gesagt, schade, dass wir nicht ins Fernsehen kamen, diesmal haben Sie das geschafft. Ab nun, junge Frau – NIE wieder, okay?" Und ER umarmte mich, lächelnd wie ein Vater der sein Kind zur Vernunft bringen musste. Von diesem Geschäft erhielt ich später, als ich mich veränderte und wegging, übrigens ein geradezu sensationelles Zeugnis!

Seltsam, wenn ich so nachdenke, auch die Firma, in der ich danach arbeitete, als ich heiratete und auch meine erste Schwangerschaft über, war im Besitz eines Mannes, der sehr viel Humor und auch schwarzen Humor hatte. War das Zufall? Ich selbst habe mir jedenfalls sicher nicht Firmen ausgesucht, die solche Bosse hatten, und war bei Vorstellungsgesprächen immer eher still und eingeschüchtert, da war von Humor wenig zu merken.

In der Damenkonfektion zu arbeiten war eine Herausforderung der speziellen Art. Ich lernte, dass manch ein Mann ein Kleid für sich kauft und darauf hofft, dass die Angestellte möglichst oft in die Kabine schaut. Es gab Menschen, die ich jedes Jahr, pünktlich am 24. Dezember 10 Minuten vor Ladenschluss ins Geschäft kommen sah, und die dann als Geschenk das teuerste Stück kauften. Und ich lernte unglaublich viel über die Abgründe des Menschen. Leute, die mit mitgebrachten Scheren Schnitte in Ware machten, um sie billiger zu bekommen, sind da nur ein Beispiel.

Es gab in meiner Zeit im Verkauf Artikel, die ich niemals freiwillig angeboten habe, die musste ein Kunde schon verlangen oder selbst aussuchen, aber was ich persönlich für „Mist" hielt, versuchte ich niemals von mir aus zu verkaufen. So manches Stück musste ich mir erst „schönblödeln"! Hingegen konnte ich in dem Geschäft für Damenkonfektion, in dem ich arbeitete, einst einen geradezu absurden Rekord darin aufstellen, teure Seidentücher zu Trachtenkleidern zu verkaufen, die GE-

HÖRTEN einfach dazu, fand ich, und ein sehr großer Teil meiner Kunden sah das bald ebenso!

Auch meine Zeit als Beraterin für Kunststoffbehälter, als mein Sohnemann schon groß war, zählt zu den Zeiten, die ich keinesfalls missen möchte. Angefangen von der Dame, der ich nach ihrer Aussage, sie habe nirgendwo in der Küche mehr Platz dafür, wenn ich den Platz schaffen könnte, dann würde sie ihn mit Ware von mir füllen. So gut geschlichtet habe ich, glaube ich, vorher und nachher nie wieder, aber die Party war sehr erfolgreich. Eine unvergessliche Party war jene einer sehr jungen Frau, die unbedingt das Gastgeschenk haben wollte, aber weder etwas kaufen noch jemanden einladen. Also setzte sie in einem Erotikchat das Gerücht in Umlauf, dass an diesem Abend *viel zu haben sei* an ihrer Adresse. Viele Herren der verschiedensten Altersgruppen fanden sich ein, und hörten sich – mehr oder weniger verwirrt – meine, an diesem Abend ganz besonders ausführlichen Vorträge zu den Artikeln an, ich fand das war ich allen „schuldig“. Es war die einzige Vorführung die mit 0 Umsatz und ohne Geschenk endete, aber ich habe es als „Schulung“ im Artikelwissen gesehen, und die Zuhörer waren ob meiner verbalen Ergüsse begeistert! An der Stelle der jungen Frau wäre ich allerdings nicht gerne gewesen an dem Abend, als ich nach dem Zusammenpacken meiner Ware verschwunden war! Da die Angebote sich alle paar Wochen änderten, stand bald ein Repertoire an Gefäßen, deren Farben ich nicht so mochte zur Verfügung, die ich als Gesamtpaket einer Dame verkaufte, die in exakt dem selben Grünton ihre Küche frisch gestrichen hatte, oft hab ich mich danach gefragt, ob die arme Frau ihre grünen Behälter in der ganzen grünen Küche überhaupt finden konnte, aber sie war glücklich damit – also sollte es mir recht sein.

In meinen frühen Mutterjahren, als mir der Kundenkontakt und die Erfolgserlebnisse fehlten, habe ich einige

Jahre Kosmetik einer damals bekannten Firma vertrieben. Sowohl Freunde und Bekannte aus Wien als auch neue Nachbarn und Freunde vom „Lande" zählten zu meinen Kunden.

Mein Highlight war eine Kundenreaktion, die mich bis zu allerhöchster Ebene der Firma bekannt machte – ungewollt. Es gab damals Serien von allen Düften, also von Duschgel über Parfum und Körpermilch bis hin zu einer speziellen Creme, die besonders für raue Ellenbogen und Knie sehr gut war, die Haut wurde sozusagen duftend weicher. Damals waren diese von Kopf-bis-Fuß-Serien noch nicht so gängig wie heute, und diese Art von Cremen „ging sehr gut"! Ich bot sie auch gerne an, weil die Damen damit zufrieden waren. Für mich bedeutete eine Reklamation grundsätzlich einen Fehler des Beraters. Also bot ich so an, dass ich fast nie Reklamationen hatte. Ich hielt mein Artikelwissen immer auf dem mir bestmöglichen Stand. Kennt man sich aus, verkauft man richtig und es gibt keine Probleme, so stellte ich es mir vor.

Eines Tages, als mein Mann den Hörer des Telefons abnahm als es klingelte, brach diese selbst errichtete Sicherheitsmauer ein. Eine Frau mit hoher schriller Stimme brüllte hysterisch in den Apparat, sie würde mich verklagen und sie und ihr Mann seien schwer verletzt. Als ich den Hörer übernahm prägten sich in meinem Kopf die Worte verklagen und Krankenhaus besonders ein, aber durch das Gebrüll begriff ich nicht wirklich, worum es genau ging. Man hatte uns einmal in einer Schulung gesagt, wenn ein Kunde außergewöhnlich emotionale Beschwerden vorbringt, solle man ihn an den Support der Firma weiterleiten, die Kollegen seien dafür ausgebildet. Also bat ich die Dame freundlich, aber höchst alarmiert, den Kundendienst in Anspruch zu nehmen. Was ich nicht ahnen konnte: der absolute „Häuptling" der Firma, der für den deutschsprachigen Raum zuständig war und nur zu höchsten Ehrungen nach Wien kam, wollte an diesem Tag seine Kundennähe demonstrieren und hob – um den Damen vom Support zu zeigen wie leicht doch ihr Job sei – das Telefon des Kundendienstes ab, mit Lautsprecher, um alle anwesenden Mitarbeiter dort an seiner sensationellen kundenorientierten Gesprächstaktik ohrennah teilhaben zu lassen!

Später erzählte man mir, dass gesamt wohl um die 20 Mitarbeiter verschiedenster „Ränge" daran teilhaben durften. Kurz versuche ich also wiederzugeben, was mir zu einem späteren Zeitpunkt dazu geschildert wurde.

 Weiter laut brüllend landete diese Dame bei dem Mann, den jede Beraterin nur nach seinem Namen im Impressum der Kataloge kannte. Erst nach langen beruhigenden Worten wurde die Dame, sowohl von Aussprache als auch Lautstärke her, verständlich. Sie habe die Creme verwendet und sowohl sie selbst, als auch ihr Mann seien daraufhin ins Krankenhaus überwiesen worden. Freundlich und ebenfalls – so wie wir Mitarbeiter – gut geschult, erläuterte er ihr nun das man diese Creme natürlich nicht auf Schleimhäute aufbringen darf – wegen der darin enthaltenen Duftöle! Sie meinte daraufhin patzig: Wir haben die Creme ja auch nicht GEGESSEN!!! Langsam dämmerte dem Chef, wofür die Creme in Verwendung war, besonders nachdem ihm die Dame wütend erklärt hatte, sie hätte schließlich drei Tage auf der gynäkologischen Abteilung zwischen Müttern Neugeborener gelegen und hätte alle 2 Stunden Spülungen der intimsten Art über sich ergehen lassen müssen. Und ihr Mann war tagelang in der urologischen Ambulanz in Behandlung. Laut der Mitarbeiterin, die mir später bei einer Veranstaltung davon erzählte, tobte damals im Büro bereits der Bär, weil der Boss inzwischen mit rotem Kopf, und verzweifelt in dem Versuch nicht zu lachen, versuchte, die Dame aufzuklären, wo überall am menschlichen Körper es sich um Schleimhäute handelt. Sie blieb stur dabei, sie habe die Creme nicht zweckentfremdet und nicht gegessen, also sei die Kosmetikfirma schuld an den Verletzungen. Als er endlich und relativ brutal zu ihr sagte, sie hätte eine recht junge Stimme und es sei schade, dass sie Gleitmittel in Form einer doch sehr teuren Creme verwenden muss, sie solle lieber mal in der Apotheke nach einer guten Gleitcreme fragen, schnappte die Frau total über. Die Klage wurde niemals eingereicht, möglicherweise kam die Dame zur Besinnung, oder ein Anwalt lachte sie aus, ich weiß es nicht. Bei einer Ehrung wurde jedenfalls der „Häuptling" gesichtet, der nach der Beraterin suchte, die solch kreative Kunden habe. Ja er lud mich sogar an die Bar auf ein Glas Sekt ein. Bei einem Maskenball lange Zeit danach, forderte mich der Gatte der Dame zum Tanz auf, verwunderlich, denn sie selbst sprach nie wieder ein Wort mit mir, also wusste er offenbar nicht, dass ich die Creme verkauft hatte. Seine Frau sprang wild dazwischen und rief laut: „Mit DER tanzt du nicht." Na gut, es war ein Samba, ohnehin nicht mein Lieblingstanz, ich konnte es verkraften!

Wie viele Menschen, die im Handel arbeiten, neigte auch ich dazu, selbst zu einem der besten Kunden zu werden, und je nachdem, wo ich gerade beschäftig war … meine Familie war bestens eingekleidet, schlummerte in wunderschöner Bettwäsche, trocknete die Haut und das duftende Haar mit besonders flauschigen Handtüchern oder roch exzellent und immer je nach Stimmung unterschiedlich, oder je nachdem, wie viel Umsatz für bestimmte Wettbewerbe fehlte. Und mein noch heutiger Besitz an Kunststoffbehältern verlangt beinahe nach Erwähnung in einem Testament!

Seit wir zusammen waren, war klar für uns – als junges Ehepaar – dass wir Kinder wollten, im Optimalfall zwei.

Und wirklich, im Frühjahr des nächsten Jahres erfuhren wir, dass unser erstes Kind unterwegs war.

Ich besuchte diverse Kurse, las Bücher und war vermeintlich vorbereitet. Mal ehrlich, keine Frau kann sich realistisch vorbereiten, denn WISSEN basiert hier einfach nur auf Erlebtem. Unzählige Eltern-Hefte ließen von glücklicher Mutter im Negligee mit noch glücklicherem Baby träumen, die sich, wenn das Kind schläft, zärtlich ihrem Mann näherte ... Vom Partner, der einem während der Geburt fürsorglich den Rücken massiert und die Schweißtropfen von der Stirn wischt.

In einer sehr kalten Winternacht, der erste Schnee in diesem Jahr war gefallen, fuhren wir also diesem herrlichen Ereignis entgegen, ins Krankenhaus. Ich wurde untersucht und gleich mal mit der – danke – sehr hilfreichen Aussage „das dauert noch sehr lange", in ein Zimmer befördert.

Mein Mann wurde heimgeschickt, denn in dieser Nacht würde unser Kind sicher noch nicht das Licht der Welt erblicken, bzw. das Licht eines Kreißsaales.

Schlafen Sie, wurde mir gesagt! Ja hallo – ich war superaufgeregt, hatte alle 10 Minuten Wehen und musste im – gefühlten 3-Minuten-Takt zur Toilette, da schläft sich's nicht so rasend gut. Also lag ich still in dem mehr oder weniger dunklen Zimmer und wartete, dass es Morgen wird, unterbrochen von unzähligen Gängen zum Töpfchen. Als die anderen Mütter morgens ihre Babys zum Stillen bekamen, schaute ich neidisch von einer zur anderen, aber nachdem die Wehen *schon* im 6-Minuten-Takt durch meine Eingeweide krampften, war es ja nur eine kleine Frage der Zeit, bis auch ich meinen Zwerg spüren, sehen, riechen küssen konnte. Morgens trabte mein wenig ausgeschlafener Ehegespons wieder an, im Schlepptau meine von ihm alarmierte Mutter, die so gerne in der Nähe sein wollte, wenn ihr jüngstes Kind zur Mutter wird. Ich wurde wieder untersucht: „Das dauert noch sehr lange, mindestens bis zum Abend" – DANKE SEHR. Spazierengehen war angesagt, wir schlenderten die Gänge entlang, schlurften durch Stiegenhäuser – das soll ja die Geburt so extrem beschleunigen. Auf unseren scheinbar endlosen Wegen teilten sich die anderen, ebenfalls marschierenden zukünftigen Muttis für mich in zwei Gruppen – diejenigen die noch vor mir Mutter werden würden, weil sie früher da waren als ich, und die nach mir Kommenden, die gefälligst auch erst nach mir entbinden würden (dürfen) – auf. Die Mutti in dem genial schönen gelben Bademantel und die Mami in türkisem Jogger, die kamen sicher noch vor mir in den Kreißsaal. Aber die rosa und beige Fraktion kam erst nach mir dran. So stellte ich mir das vor, schön der Reihe nach. Und bitte – jemand der bei Sport grundsätzlich dem schwächeren zujubelt, beim Altpapierweitergeben an Nachbarn (Zeitschriften, die die älteren Damen nach mir lasen, bevor sie entsorgt wurden) so einen bizarren Gerechtigkeitssinn entwickelt, dass man eine gewisse Zeitschrift der einen Dame nicht zweimal hintereinander als erstes geben darf, und dem Neffen, wenn sein Geschenk um 7 Schillinge (ach lang, lang ist es her) günstiger war, als das den anderen Neffen, um 7 Schillinge Süßigkeiten dazukauft ... so ein Mensch „verlangt" nach derselben Art von Gerechtigkeit. Also bitte – rosa und beige kamen erst am Morgen auf die Entbindungsstation, also sollten sie sich „hinten anstellen", und erst nach mir entbinden. Dass eine Dame in giftgrün sich da einfach mal dazwischen schummelte, sahen auch die anderen Farben nicht so richtig ein, wie mir schien.

Am späten Vormittag bat ich darum, noch einmal untersucht zu werden, was mir mit der Aussage verwehrt wurde, ich solle nicht „jetzt schon!" so wehleidig sein, es würde sicher mindestens bis zum Abend dauern. Türkis und Gelb hatten bereits entbunden und ich hatte alle 3

Minuten Wehen. Beige wurde in den Kreißsaal gebracht, ohne vorher auch nur das Gesicht verzogen zu haben, aber unter den bitterbösen Blicken von Rosa, mir und unseren Männern.

Zu meinem Mann meinte ich sehr kleinlaut, ich sei wohl zu schwach und wehleidig, um Kinder zu bekommen, denn wenn das so bis zum Abend dauern sollte, würde unser Kind ein Einzelkind bleiben, noch mal würde ich das nicht wollen. Ich krümmte mich inzwischen recht heftig und verschwand alle paar Minuten auf der Toilette. Meine Mutter wurde zunehmend nervöser und meinte immer wieder, sie könne sich nicht vorstellen, dass es noch so lange dauern kann, sie hatte immerhin selbst vier Kinder entbunden, aber so richtig wollte sie der einschüchternden Hebamme auch nicht widersprechen. Da ich also offenbar zu empfindlich und zimperlich war, um ein Kind zu bekommen, denn die Hebammen würden sicher recht haben, beschloss ich zu Mittag einfach im Raum der Toilette zu bleiben. Tränen der Scham liefen über meine Wangen. Die Wehen spürten sich für mich inzwischen nach einem durchgehenden Horrorfilm an und der Drang, auf der Toilette zu bleiben war übergroß. Da ich keinerlei Ahnung hatte, glaubte ich dem Personal natürlich und alles in mir verkrampfte sich, als der Druck nach unten immer größer wurde.

Ich drückte meine Beine fest zusammen (wie überaus realistisch!) damit meinem Baby nichts passierte, schließlich musste es ja noch mindestens bis zum Abend sicher in mir sein, und ich wehleidige dumme Kuh wollte doch keinesfalls meinem Nachwuchs schaden, also kein Druck nach unten, nein den lässt man einfach nicht zu ... ich atmete – oder eher schnaufte – wild und hoffte mein Kind würde dadurch keinen Schaden nehmen.

Draußen hatten meine Mutter und mein Mann inzwischen eine gewisse Angst befallen, denn schließlich weigerte ich mich standhaft, die Toilette zu verlassen.

Ich schämte mich so sehr, wie ich da weinte und mich wand ...

Mein Göttergatte machte also – zum Glück – einen kleinen Radau und erklärte einer Schwester, sie solle mich gefälligst wieder aus dem WC holen, er mache sich schon große Sorgen. Plötzlich ging alles sehr schnell, wehende weiße Kittel beförderten mich in den Kreißsaal und jemand schrie mich an, ich solle gefälligst nicht versuchen Presswehen zurückzuhalten (was technisch ohnehin nicht möglich ist), und mich nicht so anstellen! Übrigens – anschreien hilft ja ganz enorm eine unsichere verängstigte Erstgebärende zu beruhigen!!!! Und in keinem Buch hatte gestanden, wie genau sich Presswehen anfühlen! So schnell konnte man gar nicht schauen, stand mein Mann in dezent-türkisem OP-Häubchen einer Gummischürze und Patscherl neben mir und feuerte mich an, zu pressen, doch als er mich massieren wollte, war ich bereit ihn zu killen und zischte ihn bitterböse an: „Fass mich bloß nicht an!!" Liebe Männer, das ist eine Ausnahmesituation, wir werden wieder fast wie vorher, aber glaubt es mir – nicht jede Frau ist in diesem Moment scharf drauf, den Rücken massiert zu bekommen. Oder zu küssen – Leute, mit Küssen hat doch dieses „Dilemma" erst begonnen, DAS ist nicht bei jeder Frau der Moment, um ihr sinnlich nahe zu sein!

Unser Sohn kam mittags um halb eins – zum Glück – gesund zur Welt, und nicht auf der Toilette der Entbindungsstation, aber sehr viel hat dazu nicht gefehlt. Interessanterweise dürfte man danach ein klein wenig schlechtes Gewissen gehabt haben, denn keine meiner bunten Mitstreiterinnen hatte so viele Privilegien an diesem Tag wie mein Zwergerl und ich. Tags darauf war allerdings dieser Status wieder verflogen. Und mit der rosa Mami verband mich einige Jahre eine schöne

Freundschaft, sie hat knapp nach mir entbunden – wie sich das gehört.

Und ein, wie in allen Büchern die ich gelesen hatte empfohlen, eine Nummer größer gekaufter Still-BH, wurde niemals benutzt. Kein Mensch hatte mich darauf vorbereitet, dass ich zwei Tage nach der Geburt mit beinahe der Oberweite einer Dolly Parton wachwerden würde. Ich rief den frischgebackenen Vati zu Hause an und erbat mir den Kauf eines Zeltes für meine Oberpartie.

Noch sehr oft in meinem Leben habe ich oft zu blind auf die Götter in Weiß und ihre Mitarbeiter gehört, und nicht auf mein Gefühl, aber bei meiner zweiten Entbindung wusste definitiv ICH, wann es ernst wurde und zwar in einem anderen Krankenhaus!

Mit dem Negligé und der ununterbrochenen Glückseligkeit, das habe ich nicht ganz auf die Reihe bekommen, sah aber auch andere Mütter mit dunklen Ringen unter den Augen, die diese Zeitschriften in den Geschäften mit äußerst zweifelnden Blicken ins Regal zurückstellten, und vermutlich dachten wir da recht ähnlich, besonders an den Tagen, an denen man den Jogginganzug gar nicht erst ausgezogen und keinen Moment geschlafen hatte, und sich fragte, ob diese Zeit je vorübergehen würde. Natürlich ging sie vorbei und die heutigen Mamis, die sich im Internet austauschen können, die erliegen hoffentlich nicht mehr diesem „wo ist mein Negligé und meine schöne Haut geblieben, wieso ist gar nichts mehr sinnlich und erotisch, weshalb schrumpelt sich mein Bauch, und warum schminke ich mich nicht täglich ...“ Wahn.

Ihr, liebe Frischlings-Mamis der Gegenwart habt sogar möglicherweise ein Zuviel an Info.

Während der zweiten Schwangerschaft traten vorzeitige Wehen auf, und mir wurde als Alternative zu einem

Krankenhausaufenthalt bis zur Entbindung das Versprechen abgenommen, ich dürfte absolut nichts heben. Toll! Unser Sohn war gerade mal ein Krabbelkind, und ohne bücken und heben geht da gar nichts! Also wurde mein Zwergerl wochentags bei meinen Eltern untergebracht und Freitags nach der Arbeit holte ihn mein Mann übers Wochenende heim. So ging das etwa 3 oder 4 Monate bis zur Entbindung. Er wurde unbestritten damals ein Oma- und Opakind. Meine Mutter sagte oft, sie sei in dieser Zeit noch mal richtig jung geworden und hätte das Gefühl gehabt, wieder „richtig gebraucht zu werden". Wochenlang stellte sie ein gerahmtes Foto von mir auf den Tisch und sagte meinem Sohn ununterbrochen vor, dass dies die MAMA sei. Ihre Angst, mein Großer könnte als erstes Wort Oma oder Opa sagen, war groß. Diese Sorge war unbegründet, wie sich später herausstellte, denn kurz bevor er Mama sagen konnte strahlte er bei jedem Fahrzeug, das Türen hatte, „AUDO!!!".

1989 ... ein weiteres Jahr, in dem sich viele Nachbarn aus den umliegenden ehemaligen Ostblockländern in Wien mit Shampoo, Kosmetik, Obst und besonders Billigelektrogeräten eindeckten. Ich war zum zweiten Mal schwanger, denn wir wollten unsere Kinder so gerne gemeinsam aufwachsen sehen (aber zwei Jahre lang sah ich nur selten meine Füße), ohne großen Altersunterschied. Wir wohnten in einer kleinen Gasse, die von der bekannten und großen Mariahilfestraße abzweigte. Menschenmassen, die man sich heute gar nicht mehr so vorstellen kann, belagerten diese Hauptgeschäftsstraße in einem Ausmaß, dass man mit dem PKW kaum tagsüber aus unserer Gasse ausfahren konnte. Man blieb unweigerlich im Verkehr der Menschen und Automassen stecken. Vor allem an Wochenenden vor Weihnachten! Schon ein Jahr zuvor war ich vor dem Hl .Abend im Krankenhaus gewesen, nach der ersten Entbindung.

Mein errechneter Termin lag diesmal am 27. Dezember. Am 22. ging ich zum Friseur, so als könnte ich damit beeinflussen, dass ich erst nach Weihnachten entbinden würde. Ich hatte beschlossen, Dauerwelle und helle Strähnchen in den inzwischen nicht mehr ganz so hellblonden Haaren wären optimal für eine schicke Weihnachtsfrisur.

Als ich vom Friseur heimkam, und mein Mann und ich uns zu einem gemütlichen Mittagschlaf hinlegen wollten, machte mir der Blasensprung einen schwarzen Strich durch meine unbeholfene Geburtsterminmanipulation. Man hatte uns eingehend gewarnt, mit dem eigenen PKW loszufahren, ich solle auf jeden Fall mit einer Ambulanz oder einem Rettungswagen ins Krankenhaus gebracht werden, die Verkehrslage in unserem Wohngebiet hatte dies noch massiv bestärkt. Der Rettungswagen kam nach etwa einer Stunde, kein Drama, denn Wehen hatte ich ohnehin noch nicht. Aber der laufende Blick meines Gatten aus dem Fenster und sein tiefes Seufzen verrieten mir, dass die Fahrt eventuell problematisch werden würde. Man bestand darauf, dass nach einem Blasensprung ein Liegendtransport Pflicht sei, und manövrierte in dem uralten Haus die Liege auf der ich Platz genommen hatte aufwendig über die kunstvollen schmiedeeisernen Schnörkel der Treppengeländer. Man hob mich so hoch und stellte die Bahre so schräg, dass ich später immer wieder verwundert war, dass dies ohne Zwischenfälle blieb. Meinem Ehemann wurde ganz klar gesagt, er dürfe nicht „im Windschatten" der Rettung folgen, dies sei verboten! Mein Mann erwiderte, dass er ohnehin noch schnell mit dem Hund eine kleine Runde gehen würde und erst dann nachkäme. Damals fand ich es schon witzig, aber wenn ich heute daran denke, dass der Rettungswagen immer noch keinen Zentimeter in Bewegung war, als er von der Gassirunde zurückkam, lache ich heute noch laut los. Der Gemüsehändler, der sein kleines Geschäft in unserem Haus unten betrieb, schenkte mir noch Mandarinen, die Nachbarn winkten und plauderten mit mir ... wir standen. Die freundliche Dame aus dem Wurst-/Fleischladen hatte ausreichend Zeit, mir eine Weihnachtswurstsemmel zu machen (die Wurst wurde aus zweifarbiger Masse hergestellt und zeigte einen Weihnachtsbaum – DARAN erinnere ich mich, als wäre es gestern gewesen, solch eine Wurst hatte ich damals noch nie gesehen!). Wir waren etwa zwei Meter gefahren, der sehr junge Zivildiener der neben mir saß, er war sehr blass und der energische Fahrer des Wagens hatten inzwischen durch das offene Fenster so ziemlich jeden beschimpft, der dem Wagen nahe kam, das Signalhorn tütete ununterbrochen, das Blaulicht ratterte wild, aber es gab kein Weiterkommen. Auf der Mariahilferstraße bewegte sich ein durchgehender Menschenstrom, der sich nicht unterbrechen ließ. Da es zu keiner Motorleistung kam, war es auch recht kalt in dem Wagen, zwar war ich mit zwei dicken Decken verhüllt aber langsam machte ich mir ein wenig Sorgen, ob ich mein Kind vielleicht besser daheim zur Welt hätte bringen sollen. Es war dem Fahrer auch nicht möglich sich eventuell über den Gehsteig zu schummeln, da natürlich auch alle Einfahrten verparkt waren, und kein Weg auf den Gehsteig geführt hätte. Als wir schon ca. 30 Meter unterwegs waren, fragte der Zivildiener mich ängstlich ob ich wüsste, was zu tun sei wenn das Baby kommen sollte. Ja klar – MEINEN Part wusste ich ... aber wir hatten ja noch Zeit, keine Wehentätigkeit. Zur Sicherheit hielt er mir die ganze Zeit eine Pappnierentasse unters Kinn. Bei mir dachte ich zwar, dass mir nicht schlecht sei, aber zu dem Zeitpunkt wollte ich ihn nicht noch mehr verunsichern.

Nach etwa einer dreiviertel Stunde waren wir „bereits" in die Mariahilferstraße eingebogen (dafür brauchte man ohne Stau wenige Sekunden). Der brüllende Fahrer, der nicht zum Entbindungshelfer werden wollte, der junge Bursche neben mir und die blöde Nierentasse, die ich anstarrte, hatten bewirkt, dass ich inzwischen langsam nervöser wurde. Wehen kamen auch schon ab und an. Heftiger als damals beim ersten Mal, es stimmte scheinbar das es diesmal möglicherweise schneller gehen würde. Nach weiteren etwa 30 Minuten waren wir am Mariahilfer Gürtel angelangt. Schimpfend, tütend, ratternd, blinkend und ich selbst ängstlich und mit einer Nierentasse, die der Junge stur unter mein Gesicht hielt. Als wir eine weitere Viertelstunde dort verbrachten, maulte ich leise: „Ich will nicht, dass auf der Geburtsurkunde meines Sohnes womöglich als Geburtsort Währinger Gürtel und eine Hausnummer steht!!!". Der Bursche neben mir fragte mich im Minutentakt, ob wir wohl noch genügend Zeit haben würden. Keine Ahnung, ich hatte aber bereits 4 Minuten Wehen, ob von der Aufregung beschleunigt, wage ich nicht zu behaupten. Der Blick in die Tasse machte mich zu dem Zeitpunkt bereits zornig, so dass ich ihn anmotzte: WENN er schon meine, das Ding zu brauchen, sei er viel zu weit nördlich, denn ich wollte ein Kind bekommen und nicht erbrechen, also wenn er nicht bereit war, auf die dämliche Tasse zu verzichten, sollte er sie deutlich südlicher bereithalten, aber ich hoffte doch, dass er seine Hände einsetzen würde, falls es soweit käme. Blass war er dann nicht mehr, sondern hochrot. Wir waren mehr als zwei Stunden unterwegs auf die Entbindungsstation, auf der mein Ehegespons, der einen anderen Weg genommen hatte, ganz und gar ohne Windschatten, und mich bereits vergeblich suchte, inzwischen auch schon Sorgenfalten auf der Stirn hatte. Unser jüngerer Sohn ließ nicht mehr sehr lange auf sich warten und wir verbrachten Weihnachten also im Krankenhaus, aber ich wurde vermehrt ob meiner tollen Frisur bewundert!!!

Vermutlich erinnert sich der eine oder andere Leser an den Dezember 1989, die Zeitungen hatten damals nur ein einziges Thema und ausschließlich dieselben furchtbaren Bilder von Toten auf den Titelseiten.

Eine Kette von Demonstrationen, Unruhen und blutige Kämpfe, die vom 16. bis zum 27. Dezember 1989 in Timişoara, Bukarest und anderen rumänischen Städten stattfand. Sie führte zum Sturz und zur Hinrichtung des rumänischen Diktators Nicolae Ceausescu und seiner Frau Elena Ceausescu und zum Ende des realsozialistischen Systems in Rumänien.

Das war kein passendes Thema nach einer Entbindung und schon gar nicht für Muttis, die sich nicht aufregen sollten, damit ihr Milchfluss nicht stoppte. Erst später erfuhr ich, dass allen Besuchern aufgetragen worden war, keine Tages/Wochenzeitungen mitzubringen, die darüber berichteten. Der Zeitungskolporteur, der täglich auf die Station kam, hatte exakt zwei – für uns erlaubte – Zeitungen im Angebot, wenn er, nachdem er alles Aufregende verborgen hatte, bei uns landete: Praline und Playboy. Praline hab ich in meiner „Verzweiflung" gelesen, Playboy verweigert! Drei Tage lang habe ich mich über diese mäßige und doch sehr einseitige Auswahl und mangelnde Vielfalt gewundert! Vielleicht bin ich ja altmodisch, aber gerade diese beiden Blätter waren für Muttis mit Nachwehen, angekauten Brüsten und Milchstau nicht so rasend vorteilhaft.

Etwa ein halbes Jahr später zogen wir ins „Weinviertel" nördlich von Wien, etwa eine gute Autostunde entfernt, in die Nähe der tschechischen und slowakischen Grenze. Wir wollten eine neue gesunde Welt für unsere Kindern und uns schaffen, Aus späterer Sicht klingt das zwar makaber, aber so war es.

Optimal, zwei Antialkoholiker im Weingebiet Österreichs. Bei allen Zusammenkünften von Menschen standen hier grundsätzlich „Doppler" (2Liter-Weinflaschen) auf dem Tisch, und wir tranken Wasser. Unser Milchkonsum war überwältigend und manch einer empfahl uns, eine Kuh anzuschaffen, aber soweit gingen wir dann doch nicht.

Dass ich eigentlich keinen Alkohol trinke – maximal 2x jährlich einen Fingerhut mit etwas Süßem – und schon gar nicht Wein, haben manche weder jemals verstanden noch akzeptiert, Einige sahen es aber dann doch noch ein, als ich Jahre später wieder nach Wien zog.

Aber ich durfte viele Menschen in ihren Autos heimbringen, weil ich nie trank, und manch ein Weinbauer hatte ein Auto, von dem der Normalbürger nur träumen konnte.

Dass ich damals von uns beiden – aus praktischen Gründen (zwei Kinder) – das größere Auto fuhr, irritierte einige Bewohner unserer neuen Heimat, das war scheinbar unüblich. Wie schön, dass dies für meinen Mann kein Thema war, also an Egoproblemen zum Thema Auto litt er ganz sicher nicht. Da fällt mir eine – zwar chronologisch ganz und gar nicht passende – Situation ein. Wir waren frisch verlobt gewesen, als wir einige Tage Urlaub in der Steiermark machten. Einen Teil der Strecke fuhr ich also seinen Wagen. Da ich noch sehr wenig Erfahrung hinterm Lenkrad hatte, war ich auch noch recht unsicher, vor allem beim Überholen! Ein Traktor viele hundert Meter vor uns und ich seufzte innerlich schon auf – konnte der nicht bitte abbiegen? Natürlich nicht. Uns entgegen kam ein dunkles Fahrzeug, aber zugegeben noch recht weit weg. In mir stritten sich noch Abbremsen oder Überholen miteinander als mein – damals – Verlobter fragte ob, ich das dunkle Fahrzeug auch wirklich kommen sah. Jaja klar. Also überholen, runter in den 3. Gang zurückgeschaltet und los, etwa auf gleicher Höhe mit dem Lastfahrzeug rief mein baldigst Angetrauter mir noch zu: „SCHALTEN!"

Ich überlegte kurz, in der der Fahrschule hatte es gehei-
ßen – je niedriger der Gang, umso höher die Beschleuni-
gung, ja bitte, wenn er meint, und knallte den 2. Gang ins
Getriebe ... Es gab keinen Unfall – und es war keine Re-
paratur vonnöten das muss als Rest der Schilderung
reichen! Oft hab ich ihn anfangs durch Blödheiten beim
Autofahren verärgert, aber selbst darüber konnten wir
damals nach der nötigen Schockphase immer noch gemeinsam lachen!

Im Sommer nach unserer Scheidung nach sieben Jahren Ehe – es war ein unglaublich heißer und langer Sommer, daran erinnere ich mich gut, denn es war mein letzter unbeschwerter Sommer mit beiden Söhnen – verbrachten wir unglaublich viel Zeit im Schwimmbad, das nur wenige Kilometer entfernt war. Es war der Sommer, in dem es meinem Erstgeborenen sehr wichtig war als MANN auf die Toilette zu gehen. Er verweigerte die Damentoilette und stapfte stur zu den Herren. Aber irgendwie kam er so lange nicht wieder. Was war denn da los? Zwei laut lachende Männer verließen die Räumlichkeiten, in denen mein Sohn vermeintlich verschollen war, einer fragte lachend: „Ist das da drinnen dein Bub?" Ich nickte und noch bevor ich fragen konnte, wurde ich von den beiden aufgeklärt. Mein kleiner Mann war vor dem Pissoir gestanden, das für ihn etwa in Brusthöhe angebracht war und regte sich furchtbar auf. Einer der Männer hatte ihm gesagt, er solle in die Kabine gehen, was er jedoch aufs heftigste ablehnte – da könne er ja gleich wieder zu den Frauen gehen! Also hat jeder der Männer ihn jeweils unter einem seiner Arme hochgehoben damit er sein Geschäft wie erhofft erledigen konnte. Er war damals sehr stolz auf sich, ging danach aber dennoch noch ein kleines Weilchen in die Kabine, wenn es denn sein musste!

Meine Jungs bekamen einen Sega geschenkt, zu dem Zeitpunkt waren solche Spiele die man über den Fernseher spielen konnte, der Renner. Da ich mir das nicht leisten konnte, waren meine Kinder eher später damit beschäftigt, als Kinder, mit denen sie Umgang hatten. Für meine Begriffe zwar immer noch zu früh – aber was soll´s.

Ich habe versucht, immer halbwegs modern am Ball zu bleiben was meine Kinder betrifft, aber da war ich ein totaler Spätzünder. Wie ein kleines Tschapperl sah ich meinen Kindern zu, wie sie ohne die geringste Erfahrung gekonnt damit umgingen, während ich noch nicht mal kapierte, wie die Hebel zu bedienen waren. Später war es genauso, was den Computer betraf. Ich habe mühsam gelernt, was mein Sohn hopp hopp drauf hatte. Ist halt doch eine andere Generation. Sie spielten die von mir erlaubte Zeit und in diesen Stunden hätte die Welt untergehen können, ohne dass einer von ihnen etwas bemerkt hätte. Und kaum waren sie im Bett ... hat Mama trainiert, denn jeder von ihnen wollte auch gegen mich spielen. Oh ich gebe zu, einige Tage lang fesselte mich das Spiel auch, aber nicht genug, um gut darin zu werden. Meine Söhne hatten die Angewohnheit, wenn sie kurz Pause machten und das Spiel wegen des Punktestandes nicht beenden wollten, auf das *Schauspiel* umzuschalten, das im Grunde dazu gedacht war, dass man lernt, wie das Spiel funktioniert. Bei dieser Sequenz gewann IMMER dieselbe Seite das Fußballspiel. Mein jüngerer Sohn saß eines Tages davor und hielt seinen Controller lässig in der Hand, während der Große im Eiltempo zur Toilette schoss. Inzwischen klingelte es an der Tür und eine Bekannte kam zu Besuch. Sie hatte so ein Spiel noch nie gesehen und war ganz begeistert. Ich bemerkte erst gar nicht, warum der Kleine so grinste und der Große stehenblieb und den Besuch mit unterdrücktem Lachen ansah. Erst als sie diesen einmaligen Spieler bewunderte und lobte und vor Entzücken über sein großartiges Können völlig außer sich geriet, begriff ich, dass sie glaubte, mein Sohn würde haushoch gegen den Spielgegner *Computer* gewinnen, und das noch so lässig dasitzend und ganz und gar cool.

Wir lachten herzlich darüber und es dauerte noch ein kleines Weilchen bis die Besucherin begriff, dass nicht mein Sohn, sondern der Computer das Fußballgenie war!

Natürlich gibt es sehr, sehr viele wirklich ernste Themen, die absolut nicht witzig sind, doch wenn man dafür bereit ist, kann es sein, dass man zu einem späteren Zeitpunkt sehr wohl auch eine heitere Seite in all den Dramen erkennen kann.

Ich möchte noch einmal ganz bewusst betonen, dass es mir keineswegs an Ernst, Einfühlungsvermögen oder Gefühl mangelt, weder generell noch in diesen Momenten, und ich weder gefühllos noch kalt oder hartherzig bin, sondern einfach danach bestrebt, das Erlebte auch von dieser anderen, humorvollen Seite zu sehen. Oft erkennt man das erst viel später und die Traurigkeit und Wehmut wird möglicherweise von einem Lächeln durchzogen!

Mein jüngerer Sohn erkrankte an Krebs, als ich wenige Monate geschieden war, und dieser Umstand stürzte auf mich ein in einer Art, die mit Worten nicht zu beschreiben war. Ich möchte nicht die Angst und das Entsetzen, die Wut, Trauer und Resignation schmälern, keineswegs, aber ich bin der Überzeugung dass dieses Thema eine „eigene Geschichte" ist, der ich hier nicht den ihr zustehenden Platz widmen werde. Hier möchte ich nur zeigen, dass selbst in dieser grauenvollen Lebensphase das Lachen elementar ist! Für alle Beteiligten!

Als es noch keine Diagnose, sondern nur eine überdimensionale Beule im Gesicht meines Zweitgeborenen gab, die sich am Heiligen Abend zum ersten Mal zeigte, war er sicher, das Christkind hätte seinen Brief nicht ordentlich gelesen, denn wie sonst sollte es möglich sein, dass dieses „Ding" in seinem Gesicht exakt zu Weihnachten auftauchte. Es dauerte Monate um ihn davon zu überzeugen, dass diese Beule keine Strafe, kein Lesefehler oder Irrtum vom Christkind sei. Durch den Tumor wurde sein kleines Gesicht verzerrt und beim Lachen erzeugte es Grimassen, vor denen sich andere Kinder auf der Kinder-Station fürchteten. Ob das allerdings die Kinder oder die Eltern ängstigte, will ich hier nicht überlegen – man verlegte ihn also in ein Zimmer zu zwei erwachsenen Männern.

Es war Anfang Jänner, die Zeit, in der auch heute noch kaum ein TV-Gerät, vor dem Männer sitzen, nicht auf Skispringen oder Slalom, Abfahrt und ihre Wiederholungen gepeilt ist.

Liebe Männer, das interessierte meinen 5-Jährigen nicht.

Er hatte also sehr ernst mit den Männern verhandelt und es wurden Regeln erstellt, dass sozusagen jedes Bett und sein darin beheimateter Patient im Zimmer je Tag 2 Stunden ganz frei wählen darf, was gesehen wird. Fairness war meinem Sohn sehr wichtig und die beiden Männer sahen das anfangs noch recht heiter und gelassen – und waren sich der daraus entstehenden Konsequenzen nicht bewusst.

Als ich eines Tages das Zimmer betrat und mein Junior begeistert einen Kinderfilm ansah, staunte ich nicht schlecht, als ich die beiden Herren im Badezimmer mit einem Radiorecorder erwischte, wie sie die Live-Übertragung einer Abfahrt im Radio hörten, beide mit den Ohren nahe am Lautsprecher, und sehr leise. Sie hatten sich dorthin zurückgezogen, weil mein Kleiner ihnen erklärt hatte, dass er ja auch still sein muss, wenn DEREN Programm läuft, also brauche er auch Ruhe für sein Programm. Die beiden haben diese sehr ernsthaft vorgetragenen Regeln, die mein Sohn ersann, also brav erfüllt, ja der eine Mann ging sogar auf den Gang hinaus, wenn seine Frau während des Kinderprogramms zu Besuch kam! Blöd fanden sie nur, dass ihre eigenen zwei Stunden auch recht eingeschränkt waren, denn die mussten zumindest annähernd kindertauglich sein.

Keine Krimis, keine Thriller und schon gar nichts, das viel Haut zeigte.

An einem anderen Tag hatte die Omi, meine Schwiegermutter, meinem Kleinen rote Rosen mitgebracht, die er sich gewünscht hatte. Von ihr wusste er auch, dass man diese über Nacht in kaltes Wasser legen kann und sie dadurch ihre Köpfchen wieder aufstellen und länger schön bleiben. Mein Sohn akzeptierte aber nur schwarz oder weiß, also kamen die Blumen gar nicht erst in eine Vase sondern in die Dusche, die er mit kaltem Wasser anfüllte, und mehrmals am Tag das Wasser wechselte. Seine Überzeugung war, solange die im kalten Wasser liegen, KÖNNEN sie gar nicht verwelken. Tja, dass allerdings auch niemand mehr duschen konnte, interessierte ihn nicht im Geringsten!!! Und wenn die, im Bad befindliche, Toilette besetzt war, wenn er sich einbildete, dass seine Rosen frisches Wasser brauchen könnten, dann wurde debattiert. Als ich an diesem Tag zu ihm kam, lag er im Bett, Tränen der Wut in den Augen. „Mama, du musst das klären, ich kann doch nicht meine Blumen, töten nur weil die Männer duschen wollen!!!". Einer der beiden Zimmergenossen saß lachend draußen auf dem Gang und meinte nur: „Der kleine Kerl macht uns fix und fertig, er ist uns bei fast jeder Diskussion mit Argumenten überlegen, weil er natürlich seine kindliche Überlegensweise gegen uns ausspielt, und ich bin nun wirklich kein Rosenkiller!".

Zum Glück fanden beide Männer es letztendlich lustig mit meinem Junior, und wenn ich ehrlich bin, ich nehme an, dass ihnen unsere sehr ernste Situation als Außenstehende schon sehr viel bewusster war als mir und allen anderen der Familie zu diesem Zeitpunkt.

Ich denke, da schwang, ohne dass wir das ahnten, ein wenig Mitleid mit, das wir allerdings noch nicht spürten, denn als wir uns bald danach von ihnen verabschiedeten – als die Diagnose klar wurde und man uns nach Wien auf eine Kinderonkologie verwies – da drückte mich der ältere Mann an sich und weinte leise in mein Haar. Seine Frau schenkte meinem Sohn einen wunderschönen braunen Teddy mit einer bombastischen Schleife um den Hals, der uns all die Jahre der Krankheit immer begleitete und heute seinen Platz in meinem Wohnzimmer hat.

Sohnemanns Art zu diskutieren und zu argumentieren hat unsere vielen Krankhausaufenthalte nicht gerade leichter gemacht, aber es gab immer wieder Situationen, in denen er uns dazu zwang, nachzudenken und auch … wieder mehr zu lachen, denn er liebte es, andere Menschen zu erstaunen und zum Lachen zu bringen.

Oft denke ich heute noch daran, wie das Gefühl war, als ich zusah, wie ihm seine erste Magensonde gesetzt wurde – dieser Schlauch durch seine kleine Nase, in den Magen hinunter gelegt, durch den er danach gefüttert wurde … er liebte es, wenn das sein Bruder tat, denn ich war ihm immer zu „vorsichtig" – sprich – zu langsam und sein Bruder schoss ihm die Sondennahrung gewissermaßen in den Magen.

Sein trockener Kommentar, als wir zum ersten Mal kurz heimkehrten mit dieser Sonde, und eine ältere Frau ihn fragte, ob er denn nun durch diesen Schlauch atmen würde – er sagte nur grinsend dazu : „Ja, deshalb ist er ja auch zugestoppelt!!".

Oh, er konnte den Humor seiner Eltern nicht abstreiten!

Als eines Tages eine Schwester bei ihm Dienst hatte, die er nicht gut kannte und auch nicht sehr mochte, nahm er jedes Mal, wenn sie das Zimmer betrat, schnell ein Buch in die Hand und „las" angestrengt. Den ganzen Tag wich er ihr so aus, selbst als sie ihn auf das Buch ansprach, gab er nur kurze und präzise Antworten, die keine weiteren Nachfragen zu ließen. Ich sagte kein Wort dazu,

ER hatte so entschieden, also hatte ich kein Recht mich da einzumischen.

Abends, als die Schwestern ihre Übergabe hatten, stand in seinem Tagesbericht, er habe den ganzen Tag gelesen. Die anderen Schwestern bogen sich vor Lachen: „Er kann doch noch gar nicht lesen! Er kann das Buch auswendig, weil es sein Lieblingsbuch ist und es ihm unzählige Male vorgelesen wurde, er wollte nur einfach nicht mit dir sprechen!"

Wunderbar fand ich, dass auch sie darüber lachte und später wurde sie eine sehr liebe Freundin von uns beiden, die akzeptierte, wenn man mal nicht plaudern wollte.

Berühmte Besuche sind, denke ich, auf Onko-Stationen die besonderen Highlights, seien es Sportler, Künstler oder auch Politiker, die Spenden abliefern. Alle Kinder liebten die Vorbereitungen auf den Besuch ebenso wie die Besuche selbst.

Eines Tages kam ein sehr bekannter Sänger der Wiener Szene auf Besuch und alle Zwerge, die ihre Zimmer verlassen durften, waren total aus dem Häuschen, als er plauderte, blödelte und sang. Vor dem Besuch hatte ich meinem Nachwuchs noch schnell Musiktitel des Künstlers vorgespielt, denn den kannte er nicht mal. Völlig egal WER kommt, Hauptsache Action – so sah er das. Als er nach der Musik feststellte, dass alle Kinder den Star umringten, beschloss er, dass er sich lieber dem Gitarristen zuwenden sollte, bei dem gab's keine Warteschlange.

So hielt er es später oft bei den Besuchen der berühmten Personen, der Pressechef des bekannten Fußballers war ihm ohnehin sympathischer als der Kicker selbst. Die Sekretärin des Politikers hatte so coole Strümpfe und wurde deshalb seine Gesprächspartnerin. Der Lebenspartner einer Künstlerin, der sie zu dem Besuch gefahren hatte, war weit interessanter als die Dame selbst. Mein Junior hatte seinen Spaß, selten mit den Gästen im eigentlichen Sinne, aber der Spaß zählte immer mehr, als alles andere. Popularität war ihm dermaßen egal!

Die Politikerin gab ein Interview und mein Kleiner sollte dezent, leidend und arm danebenstehen. Als sie ansetzte zu erklären, dass „diese armen Kinder" allen Lebensmut verloren haben und kaum mehr etwas haben, das ihnen Freude macht – sie brachte Spielzeug – also Freude ins Leben der armen Kinder, unterbrach er sie kontinuierlich mit den Worten: „Ich bin nicht arm!! Sehe ich etwa aus, als hätte ich nie Freude??". Der Dame wurde deshalb ein anderes „armes Kind" zur Seite gestellt, das keine „falschen Kommentare" abgab. Den Tontechniker mochte er aber sofort und spielte anschließend an dessen Arbeit mit ihm Halma.

Auf vielen Fotos der damaligen Zeit sind Personen, die nie im Rampenlicht standen SEINE Stars. Wenn ich diese Bilder jemanden zeige, muss ich immer grinsen, wenn gefragt wird: „Und wer bitte ist das??"

Eigentlich hatte ich meinen Söhnen VOR der Erkrankung des Kleinen sehr mühsam beigebracht, dass man nicht ständig nackt herumläuft und man sich auch nicht ununterbrochen zeigen muss, ich wollte nicht, dass sie verklemmt sind, aber Dauernudisten sollten sie auch nicht unbedingt werden.

Kaum hatte die beiden das endlich intus, begann die Krankheitsphase und täglich mehrmals wurden alle Ausscheidungen kontrolliert, ebenfalls alle Schleimhäute. Na wunderbar. Nicht einmal kam eine Schwester ins Zimmer und er stand ungefragt auf, zog ungebeten die Hose herunter und zeigte sein kleines Hinterteil und dann die Vorderfront mit den Worten: „Man tut das ja zwar angeblich nicht, aber ihr hier seid ja schon sehr scharf drauf ..."

Was erst los war, als später noch eine Phimose diagnostiziert wurde, brauche ich also gar nicht zu schildern, denke ich …

Wobei das Netteste daran war, dass man ihm den Vorgang der Operation mehrmals genau erklärt hatte, er aber dennoch noch einen Tag vor der OP von seiner Lieblingsärztin eine Detailzeichnung forderte, und fragte: „Und was alles von dem Ding wollt ihr nun wegschneiden?"

Der erste Blick auf seine Männlichkeit nach der Operation war begleitet von einem tobenden, wilden Gebrüll: "Die haben das alles kaputtgemacht, jetzt sieht „er" aus wie ein Atompilz!" Als 7jähriger, der viel zu viel Zeit im Krankenhaus verbrachte, war er – wie viele andere – sehr altklug geworden … und hatte zu viele Bildbände mit mir durchgeblättert.

Nach einer sehr schweren Operation, die mehr als 10 Stunden gedauert und an meinen Nerven gezerrt hatte, saß ich im Aufwachraum neben seinem Bett und versuchte mich von all den Geräten abzulenken, man hatte mir gesagt, es könne recht lange dauern bis er zu sich komme.

Die OP war gefährlich gewesen, es hatte auch die Gefahr bestanden, das Gehirn könnte einen Schaden nehmen. Man hatte mir gesagt, man würde erst mehr wissen, wenn er aufwacht und zum ersten Mal wieder spricht …

Mit einem feuchten Waschlappen wischte ich ihm immer wieder die Schweißtropfen von der Stirn. Auf dem hellgelben Bettzeug des Krankenhauses sah das blasse Kind noch mal so blass aus. Aber da über dem Auge – ein Schmutzfleck. Ich versuchte vorsichtig den Fleck wegzuwischen, der sich über seinem Auge wie ein Bogen spannte. Es ging nicht. Aber es lenkte ab. Ich wischte und wischte, zuletzt nicht mehr ganz so sanft aber natürlich sehr, sehr vorsichtig. Bis die Schwester mich fragte: „Was um Himmels willen tun Sie denn da? Hören Sie sofort auf damit! Seine Augenbrauen wachsen nach – das ist kein Schmutz!!!"

Ich hatte mein Kind seit vielen Monaten ausschließlich ohne Haare, Wimpern und Augenbrauen gesehen, ich war gar nicht auf die Idee gekommen, es könnten nachwachsende Haare sein!

Stundenlang hatten also jede Menge Menschen auf diese erlösenden ersten Worte gewartet, er schlug die Augen auf, drehte die Augen nach rechts und links und sagte: „Oh Mama, Die Bettwäsche ist ja so hässlich!".

Er war definitiv wieder da! Und der Kommentar zur Bettwäsche nur natürlich, in diesem Krankenhaus mit der einheitlich gelben Bettwäsche war er immer nur für Operationen, und bekam deshalb – aus seiner Sicht – niemals etwas Vernünftiges zu essen!

Immer wieder waren Fahrten zur Bestrahlung in ein großes Wiener Krankenhaus notwendig, einige Wochen lang sogar täglich. Einmal wurden wir zur Bestrahlung gebracht, als mein Junior noch an einer Infusion „hing", kein Problem, die Bestrahlungen wurden in einem Untergeschoß vorgenommen und man gelangte mit einem Lift dorthin. Diesen hatten wir bisher noch nie verwendet, sondern waren immer die wenigen Stufen hinuntergegangen. Nun also mit dem Infusionsgalgen auf Rädern ab in den Lift, rasch huschte noch ein sehr elegant gekleideter Herr in die Liftkabine. Der Fahrstuhl ruckelte ein wenig und blieb zwischen den Stockwerken stehen. Na wunderbar, enge Räume ohne die Chance, diese zu verlassen machen mich ja ganz besonders glücklich. Aber wir waren schließlich nicht in irgendeiner Bruchbude, sondern im Krankenhaus, also Notklingel betätigen und warten. Im Lift hörte man die Klingel ganz leise und mein Sohn fragte lächelnd; „DAS war alles? Wer soll das hören bei dem Lärm da unten?" Der elegante Herr lockerte seine Krawatte und begann bereits nach zwei Minuten zu schwitzen – na toll, ein wahrer Held, passt ja optimal zu uns!

Nichts passierte, niemand reagierte auf das äußerst dezente Klingeln. Fein! Unser Mitstreiter zog sich Sakko und Krawatte vom Körper und stöhnte laut dabei. Das trug nicht gerade zur Beruhigung bei!

Sohnemann fragte, ob man eventuell in diesem kleinen Raum ersticken könnte, was ich sofort verneinte schließlich gab es ja Lüftung, Klimaanlage etc. Er meinte daraufhin trocken: „Hört man diese Geräte nicht normalerweise??" NEIN, darüber wollte ich nicht nachdenken, unser Mitfahrer auch nicht, der hatte vermutlich damit zu tun sich zu fragen, warum er überhaupt eingestiegen sei … seufzend und zitternd.

Mein Sohn blieb cool während wir zwei Erwachsenen, mühsam um Leichtigkeit kämpfend, zitterten. Nach 20 Minuten Dauerklingeln und Rufen war ich soweit, dass mir alles egal war. Das Nervengerüst flatterte und ohne jetzt noch an Vorschriften zu denken, griff ich die Handtasche und rauchte mir eine Zigarette an, Der Mann der inzwischen gar nicht mehr elegant wirkte, blaffte mich zornig an.

2 Minuten später waren wir befreit!!! Mit der Zigarette hatte ich den Rauchmelder in der Zentrale ausgelöst! Das Klingeln hatte noch nie jemand dort gehört und somit konnte es niemand zuordnen, ja, ich weiß – Rauchen – ungesund – Vorschriften, etc. Aber ehrlich, noch ein paar Minuten und mein Kleiner hätte zu tun gehabt mit Panikattacken in doppelter Dosis!!

Wer Bestrahlungen zur Krebsbehandlungen kennt, wird es wissen, man riecht nichts, man sieht nichts und je nachdem wo man bestrahlt wird, liegt man eine Zeitlang unbequem, aber unmittelbar beim Bestrahlen tut sich weiter nichts. Sehr oft als Nebenwirkungen und Nachwirkungen tut sich dafür umso mehr. Und wenn man über die Dicke der Türe nachdenkt, die während der Bestrahlung geschlossen wird, kann man sich schon einiges denken. Mein Sohn wurde im Gesichts-/Halsbrereich bestrahlt, was eine etwas unangenehme Lage mit sich brachte, Den Kopf weit in den Nacken gelegt und mit der dazugehörigen Maske fixiert, sah das schon gespenstisch aus. Knapp vor Weihnachten wurde uns dann offenbart, dass vier lange Bestrahlungen notwendig wären, jeweils etwa 40 Minuten. Wie sollten wir meinen damals 6jährigen dazu bringen, in dieser unbequemen Haltung so lange still auszuharren? Die Lösung: Wir bekamen die Termine knapp vor dem Schließen, somit waren wir die einzigen Patienten auf dieser Station und mein Junior durfte bestimmen, welche Musik aus den Lautsprechern hallen würde, nicht gerade leise, kann ich nur sagen.

Los ging's: Junior hatte sich am ersten Abend für die „Schürzenjäger" entschieden, die laut durch den Raum und die anschließenden Gänge hallten. Super alles hat geklappt! Fein!

Der zweite Abend – Jazz Gitti. Fröhliche Mitsinglieder und einige Mutterlieder klangen lautstark durch die Räume. Auf dem Bildschirm konnte ich meinen Sohn sehen, der dezent mit den Zehen mitwippte. Ich wusste allerdings, dass sein Magen nach der Chemo wild rebellierte und achtete genau auf jede seiner Regungen, denn in so einer Position konnte Erbrechen lebensgefährlich sein, bei den Mutterliedern liefen Tränen über meine Wangen ... diese Stimmung und die zu lange unterdrückte Angst ... Am dritten Abend Deutsche Schlager, manch einer der dort Beschäftigten summte mit und erinnerte sich an Tanzstunde und Co, es war eine tolle Stimmung, ja es wurde sogar gescherzt.

Aber dann, es war wenige Tage vor Heiligabend, der letzte so lange Termin. Meinem Bub ging's nicht gut, er musste auf der Hinfahrt erbrechen und sowohl das medizinische Personal als auch ich starrten geradezu panisch auf den Bildschirm. Er sah so klein und zerbrechlich aus und laut dröhnten Weihnachtslieder durch alle Räume. Ganz ehrlich, wir heulten alle! Die Stimmung war unbeschreiblich. Ernst, drückend, traurig und voller Ängste und Zweifel. Niemand sagte ein Wort. Und dann kam das Lied, das Stefan besonders mochte: Little Drummer Boy, allerdings auf Deutsch gesungen von Heintje, der kleine Trommler, der einsam durch die Nacht zieht und nur trommeln kann, als Geschenk für das Jesukind. Das drückt schon ganz normal gehört auf die Tränendrüsen, aber dort ... eine Schwester und ich schluchzten um die Wette. Der Arzt schluckte und wischte seine Tränen am Hemdärmel ab. Und dann - durch die laute Musik hörten wir es! Es klang wie ein Gurgeln, knapp bevor man hustet, mit kleinen Rufen dazwischen. Der Arzt knallte auf den NOTSTOP-Knopf und wir alle rannten ungeduldig auf die extrem dicke Türe zu, die sich in meiner Erinnerung quälend langsam öffnete, stürzten in den Raum und schon hatte eine Assistentin die Maske gelöst und meinen Kleinen wild zur Seite gedreht, damit er ja nicht an potenziell Erbrochenem erstickt!!!

Der starrte all die entsetzten Menschen, die ihn panisch umringten an und verstand die Welt nicht mehr. Weinerlich fragte er: „Was ist los??" Wir erklärten ihm die Situation und er schaute von einem zum anderen in unsere teilweise tränennassen Gesichter und lachte wild los.

„Ich habe doch nur mitgesungen, aber mit der Maske ging das nicht so toll!!"

Das fast hysterische Gegacker von uns Erwachsenen und das Gefühl dabei lassen sich schwer beschreiben, nicht in Worte fassen. Aber noch heute ist das mein Lieblingslied zu Weihnachten und immer ist es eine

Mischung aus feuchten Augen und einem Lächeln, das
mich dabei begleitet.

Wenige Wochen vor seinem Tod, kam mein inzwischen
schon recht magerer Zwerg vom WC, nicht gerade sein
Lieblingsraum (durch die von den Therapien zum Teil
zerstörten Schleimhäute waren diese Gänge oft von
seinem sehr leisen Weinen begleitet – übrigens kennen
Sie das von Ihren Kindern? Mit einem lauten Brüllen
kann man weit leichter umgehen, als mit leisem und
unterdrücktem Weinen, das Verzweiflung ausdrückt)
und stellte mir die Frage, die mich bis ins Tiefste er-
schütterte:
„Mama, ich habe ein OB ausprobiert, und was bitte mache ich jetzt damit??"
Ich starrte ihn an, suchte nach Zeichen des Schmerzes!
Nichts.
„Ähmmm … wo hast du es denn jetzt?"
„Na dort wo es hingehört!"
„Tut Dir etwas weh?"
„Nein warum, sollte es?"
„Beschreib mir doch bitte genau, was Du damit gemacht
hast!!!"
Da er zu diesem Zeitpunkt schon lesen konnte, machte
es mir beinahe noch mehr Angst zu hören, wie er mir
und einer anwesenden Freundin, sowie seinem daneben
sitzenden Bruder erklärte, er habe die Beschreibung
genau gelesen! Verdammt, wo hatte er den blöden Tam-
pon!! Ich sah uns im Geiste schon ins Krankhaus fahren
und diese Situation erklären!
„Also: Ich habe den Plastikstreifen in der Mitte abge-
macht, dann den oben, hab an der Schnur gezogen und
gedreht (mit einer Hand zeigte er uns ziemlich genau
das, was auf Abbildung 2 auch wirklich zu sehen war)
Du weißt schon Mama im Kreis herum."
„UND DANN?"

„Dann hab ich den Rest vom Plastik weggetan!"

„UND DANNNNN???"

„Na, dann hab ich ihn hingetan, wo er hingehört!"

Wieder ein skeptischer Blick von uns allen.

„WO ist das Ding JETZT, kannst du es mir ZEIGEN??"

„Ach Mama, (er sagte das, als wäre ich schlichtweg zu blöde um ihn zu verstehen, so nach dem Motto: dir muss man ja erst alles erklären!) natürlich DORT wo die Regel passiert" – er öffnete die Hand und darin lag das vermaledeite Ding!

Er hatte exakt DAS in der Fernsehwerbung vermutlich hunderte Male gesehen, eine Frau, die die Hand öffnet und genau das sagte!

Und mein großer Sohn sagte dazu noch trocken: „Und dann geht die Jalousie auf!!" Stimmt, auch das war richtig gemerkt aus der Werbung.

Ende der 90er Jahre lief diese Werbung ewig lange auf vielen Sendern und ich bin sicher, so manch einer erinnert sich auch noch daran …

Ich brauchte nach meinem Lachanfall lange, bis der Bauch mir nicht mehr wehtat, in einer so ernsten Situation, in der man bereit ist, sofort zu springen und zu reagieren, ist so eine Situation beinahe so wirksam wie ein Vulkan … und erleichtert unerhört!

Auch die Tatsache, dass er im Krankenhaus in seinen letzten Wochen jedes weibliche Wesen egal welchen Alter darum gebeten hat, ihm einen Zungenkuss zu geben, weil man das EINMAL im Leben gemacht haben sollte, seiner Meinung nach, brachte viele Menschen zum Lachen. Das heißt nein, die Bitte nicht, sondern die wie geölte Blitze aus dem Zimmer flitzenden Schwestern, die – hochroten Hauptes – meinten, das sei dann doch zu viel. Ich versuchte ihm zu erklären, dass man verliebt sein sollte wenn man küsst, und ganz besonders beim ersten Mal. Da sich niemand fand, der ihm diese Erfahrung zu Teil werden lassen wollte, meinte er, dass es vielleicht besser sei zu warten, denn seine kleine – inzwischen verstorbene – Freundin Maria, die er einst sehr lieb gehabt hatte ... die würde er im Himmel küssen. Knapp vor seinem Tode hat er sogar bei Marias Omi die Erlaubnis dazu eingeholt.

Knapp bevor er uns zurückließ hat er uns gesagt, wir sollen leben – nicht überleben – sondern richtig LEBEN, und dazu gehört Humor, sehr viel Humor.

Danke für jede Lachträne mit Dir, mein geliebter kleiner Held!

In meinem Leben bin ich unglaublich oft übersiedelt. Nach der Scheidung mit meinen beiden Kindern, später mehrmals mit meinem älteren Sohn alleine. Und das ist immer ein Erlebnis, allerdings nehme ich an, dass beinahe jede Situation die ich erlebte, jedem anderen auch passiert, daher ist dies zu erzählen müßig ... oder nein, eine Situation, die ich erlebte sei doch erwähnt.

Es war nach einer Trennung von einem Partner, als ich nach einigen Jahren in Niederösterreich also wieder nach Wien zurückkehrte - vorübergehend sogar zurück in die Wohnung meiner Eltern im 7. Stock.

Mein gesamter Bekanntenkreis war angetreten und schon frühmorgens zur Stelle, um mein bereits verpacktes „Leben" zurück nach Wien zu transportieren. Eine seltsame Stimmung beherrschte diesen Tag, zwar gingen mein Partner und ich nicht wirklich im Bösen auseinander, aber ganz ohne Differenzen geht so eine Situation wohl selten ab. Viel verletzter Stolz war im Spiel, gekränktes Ego und eine ganz große Portion Trotz.

Am späten Nachmittag, als in der Wohnung in Wien all meine helfenden Bekannten, reichlich erschöpft und schweißgebadet, mit mir zwischen unzähligen Kisten und Koffern auf dem Boden saßen und sich an diesem heißen Tag mit Getränken erfrischten, da nahm eine Freundin von mir (die Rosa Mami übrigens) aus der neben ihr stehenden Kiste eine Sprühflasche und sprühte uns alle mit Wasser voll. Lachend meinte sie: „Dachtest du im Ernst, dass du in Wien kein Wasser haben wirst? Oder wolltest du, dass wir schwerer zu tragen haben?"

Grölend stellten wir fest. dass mein Expartner beinahe alles was Deckel hatte in mühsamer Kleinarbeit mit Wasser gefüllt hatte, damit wir besonders schwer zu tragen hatten. Einfallsreichtum kann man ihm definitiv nicht absprechen!!! Aber er hatte Glück, dass wir es erst so spät bemerkt haben, der Zoff wäre atemberaubend geworden, wenn wir es am Anfang des Tages, also in seiner Nähe schon bemerkt hätten.

Aber so bin ich nun mal, das Heitere daran war für mich weit stärker als die Wut, die manch einer gehabt hätte. Noch Tage später lachte ich laut bei der Erinnerung an das viele Wasser, das wir aus Niederösterreich mühsamst „geschmuggelt" hatten. Und das sei betont, das Wiener Wasser ist sehr gut!

Wenn ich lese was ich geschrieben habe, scheint es so als hätte ich die Hauptzeit meines Lebens entweder in Schwimmbädern oder Tanzlokalen verbracht, das ist natürlich nicht so, es war aber schon sehr viel Zeit.

Im Wiener Stadionband, das ich – selbst heute noch einmal im Jahr aus nostalgischen Gründen besonders gerne besuche – verbrachte ich auch mit meinen Kindern sehr viel Zeit. Meist mit einer Kühltasche, in der der unweigerliche Wurstsalat darauf wartete, von uns verspeist zu werden. Damals hatte ein neuer Imbissstand seine Pforten im Bad geöffnet, der Schnitzelsticks und Hühnersticks anbot, paniert und frittiert. Meine Söhne wollten natürlich auch diese kleinen Köstlichkeiten, doch ich blieb stur, der Wurstsalat wird gegessen! Mein jüngerer Sohn, eigentlich vom Typ her damals sehr phlegmatisch veranlagt, nahm das als gegeben hin, Hauptsache essen ... Der Große stand auf, stapfte davon, ging wenige Meter weit zu einem jungen Pärchen und setzte sich ungefragt zu ihnen. Beide starrten ihn verwundert an, bis mein damals 8jähriger ihnen klipp und klar erklärte, dass Kinder eben nun mal nicht kostengünstig seien, schon gar nicht in einem so tollen Schwimmbad. Da er seine Mutter nicht weiter belasten wolle, wäre es also nett, wenn die beiden ihm eine Portion der gewünschten Gaumenfreude spendieren würden. Vor mir tat sich die Wiese auf, an der Stelle wo wir lagerten. Nein bitte, das hab ich missverstanden, das hat er jetzt nicht wirklich getan. Ich schloss die Augen um mich in mir zu verkriechen, so schämte ich mich. Wäre es möglich unterirdisch das Bad unbemerkt zu verlassen? Natürlich nicht!

Als ich die Augen wieder öffnete stand mein Erstgeborener stolz vor mir, 20,- Schillinge in der Hand ... und strahlte seinen Bruder an: „Das reicht für uns beide, komm mit – Mama kann ja den Wurstsalat alleine essen." So schnell konnte ich nicht schauen, waren die beiden nur mehr die vielzitierte Staubwolke. Das Pärchen lächelte verständnisvoll, und ich denke der mögliche Kinderwunsch wurde neu überdacht.

Später, als mein Großer etwa 12 oder 13 Jahre alt war: Muttertag! Er wird das Mittagessen kochen, mit Kochbuch und allen Utensilien verbarrikadierte er sich in der für mich verbotenen Zone – der Küche.

Zu oft hatte ich ihm von Omas Kartoffelgulasch erzählt, und wie schade es sei, dass ich es nicht so gut kochen kann, wie sie selbst.

Da stand der große Topf mit Gulasch für eine ganze Kompanie – schließlich sollte ich ja lange genießen – und ein beißender Essiggeruch durchflutete die Wohnung. Selig schaute mich mein Erstgeborener an und wartete auf den Kommentar nach dem ersten Kosten. Ekelhaft wäre noch charmant. Die Wurst schmeckte ebenso wie der Rest als hätte sie tagelang in Essig gelegen, zusätzlich aber extrem bitter. Als er kostete erschauerte auch er. Zum Glück konnten wir nach der Entsorgung des Topfinhaltes beide herzlich darüber lachen – das Kochbuch hatte ihm vorgeschrieben was er auch tat: Zwiebel anrösten, Paprikapulver kurz mitrösten und dann mit Essig „löschen". Das hat er auch getan ... mit einer halben Flasche Essig ... und das auch erst als der Paprika schon sehr lange mitgeröstet war.

Dann gibt es da noch mein spezielles Thema ... die Technik und ich. Knapp vor der Jahrtausendwende besaß ich zwar einen Videorecorder, ein CD-Gerät und Walkman, ein Handy, Haushaltsgeräte verschiedenster Art und Sinnhaftigkeit ... aber ein technisches Genie sieht anders aus als ich. Ich konnte SMS schicken und hatte wirklich noch niemals einen Computer bedient. Und auch keine gesteigerte Sehnsucht danach, Da ich jedes Gerät, das ich jemals kaufte, ausschließlich nach Lesen der Gebrauchsanweisung bediente, stellte ich mir das auch bei einem PC nicht berauschend vor. Da fällt mir übrigens der grenzgeniale Text ein, der einmal einem Billigmixer aus Taiwan beigefügt war: „Nemmen und stekken in Lebennsmiddel.“

Ein Freund, den ich damals sicherlich mit viel zu vielen SMS belagert habe, wenn er keine Zeit für mich hatte, und der – so denke ich – mehr Ruhe haben wollte und mich an Abenden, an denen er keine Zeit hatte, beschäftigen wollte, schenkte mir dann meinen ersten PC.

Lieber René, war Dir bewusst, dass Du mir damit ein Fenster öffnen wolltest, aber eine Tür aufgestoßen hast, die uns viel weiter auseinanderdriften ließ?

Wie entsetzt der arme Kerl – der noch dazu in der IT-Branche arbeitete – schon gewesen sein musste, als ich beim Eintreffen mit seinem ausrangierten Stück Hardware unglaublich nichtsahnend fragte, wofür denn die große Kiste unter dem Tisch gehört. Dazu kam, dass er in Wirklichkeit keine Ahnung zu haben schien WIE nichtsahnend ICH war. Hinauffahren, herunterfahren, abgesicherter Modus, Ordner die man nicht alphabetisch ordnen darf (wie sinnlos auf einem Gerät, das das Suchen doch erleichtern soll), Internet, Monitor... und das alles ohne Gebrauchsanweisung!!!

Wer hätte jemals geahnt, dass ich nur 1 ½ Jahre später in der EDV- und IT-Branche arbeiten würde.

Alleine in den ersten beiden Wochen als PC-Nutzer durfte er 4 mal antreten um das Ding zu überzeugen, mir wieder zu dienen, wobei ich außer der Möglichkeit zu chatten nach wie vor keinen Dunst hatte, welche Funktionen des Geräts je für mich von Nutzen sein sollten ...

Chatten, ja das war so ein Thema, für mich mit meinem beinahe krankhaften Bedürfnis nach Harmonie, Fairness, großer Ehrlichkeit und Höflichkeit, meinem ewigen Bedürfnis nach Kommunikation.

Ich war aufgeschmissen mit meiner Art, ich kannte all diese verrückten Abkürzungen nicht, grüßte wie ein Vollidiot alles und jeden (inklusive der Chatstatusmeldungen), und ich glaubte die ersten Wochen wirklich Alles, jeden Schmarren, den mir jemand schrieb hielt ich für die Wahrheit, ich selbst erzählte anfangs viel zu offen über mich. Aber ich lernte schnell, errichtete eine Mailadresse, die nicht mehr meinen vollen Namen enthielt, erzählte niemandem mehr wo ich wohnte, nicht mal mehr den Bezirk und legte mir, wie alle anderen auch, einen Nicknamen zu. Damals doch noch sehr von Traurigkeit geprägt: TEAR. Hätte ich gewusst, dass ich Monate später auf Chattertreffen gehen würde und auf die Aussage ich sei TEAR fast immer die Frage kam: Welches Tier? Dann hätte ich sicher einen schlaueren Namen gewählt, vor allem bildeten sich Menschen dadurch ein ständig trauriges Bild von mir, das nach einiger Zeit keineswegs mehr zutraf. Wie gesagt, das Fenster wurde zu einem Tor in eine neue Welt. In dem Chat, in dem ich die meisten Zeit verbrachte lernte ich eine Gruppe sehr familiärer Menschen kennen – man traf sich bis zu einmal wöchentlich – von denen heute, mehr als 10 Jahre später immer noch zwei Personen zu meinem engsten Freundeskreis gehören, und noch eine Menge Menschen, zu denen ich nach wie vor Onlinekontakt habe. Keineswegs alle auf oberflächlicher Basis! Ich erkannte, dass eine Menge Menschen meine virtuelle Gegenwart mochten und ich nicht darauf angewiesen war unerwünschte SMS zu senden.

Den allerbesten Freund, den man sich überhaupt nur vorstellen kann, verdanke ich auch diesem Chat. Nebenbei hatte ich angefangen, auch in den zu der Chatseite gehörenden Foren mitzuschreiben. Hier wurde ebenfalls viel Unsinn geschrieben, es gab aber auch wirklich viele ernste und interessante Diskussionen, an denen ich gerne teilnahm und auch sehr oft die Opposition darstellte.

Wie ich später erfuhr, erwachte in diesen Foren das erste Interesse an dem Menschen der da schrieb. Als „liontari" mich also eines Tages im Chat sah, sprach er mich an. Er habe in den Foren gelesen und sei auf mich aufmerksam geworden, und nun würde er gerne mit mir plaudern. Ich schrieb zurück, wir wechselten etwa zwei Zeilen miteinander, als er verkündete, er müsse nun aufhören zu chatten, weil Besuch im Anmarsch sei. Super, wieder so ein Idiot der – nach einer ohnehin nicht sehr eindrucksvollen Anmache – die nicht sofort erwidert wurde, die Fliege macht! Das war mein erster Gedanke zu dem Mann, der mich da angesprochen hatte, durchaus legitim bei den dummen Sprüchen, die man so als Frau zu lesen bekommt, wenn bei einem Vis a Vis das Kopfkino zu rotieren beginnt.

Tags darauf aber bekam ich eine wirklich erstaunliche E-Mail, in der sich mir ein Mensch vorstellte, der sofort einfügte, dass er glücklich verheiratet sei und keineswegs an der Frau interessiert war, sondern vielmehr an dem Menschen. Ein Mensch, der in der Art und Weise genauso offen und direkt ist, wie ich zumeist war und dies auch forderte, aber nur selten auf Menschen stieß, die wirklich so sprechen wie sie denken und fühlen. Und, er verstand vom ersten Tag an meinen Humor.

Ganz abgesehen davon, mit wie vielen Menschen kann man im Dezember, bei minus 20 Grad, frierend und schlotternd, in Pudelmütze und Wintermantel im Eissaloon Eis essen, während alle anderen Glühwein trinken?

Von Anfang an war dies für mich eine Freundschaft und Verbundenheit, die nicht erst groß wachsen musste und die niemals hinterfragt zu werden brauchte. Inzwischen kennen wir uns (selbstverständlich auch seine liebe Angetraute) etwa 13 Jahre, und ich bin René noch heute dankbar für diese erste, große viereckige Kiste unter meinem Tisch, ohne die, mein Sohn und ich niemals die herausragende Freundschaft dieses – für uns – einzigartigen Menschen gewonnen hätten!

Es hat sicher ein halbes Jahr gedauert, bis ich nicht mehr mit Zettel und Kugelschreiber neben dem PC saß und notierte, sondern in Dokumente kopierte, und sicher noch einmal 3 Monate, bis ich erkannte, was ein PC sonst noch kann, oder können sollte.

Die Tabulatortaste lernte ich erst kennen, als ich schon in der EDV arbeitete, und die eckigen Klammern ebenfalls, aber wie ich heute weiß, war ich da bei Weitem nicht die einzige.

Natürlich brauchte ich irgendwann einen Drucker. Ich stapfte also in meiner Mittagspause zu einer Filiale einer bekannten Handelskette und besorgte das Gerät. Daheim angekommen ausgepackt ... da las ich bei „Lieferumfang": Gebrauchsanleitung im Handbuch. Es war kein Handbuch in dem Paket, der junge Mitarbeiter des Geschäftes, den ich tags darauf aufsuchte um ihm das mitzuteilen, dürfte ähnlich viel Ahnung gehabt haben, wie ich! Er suchte in den noch vorrätigen Paketen eifrig und stellte fest, dass bei keinem einzigen Drucker das Handbuch beigelegt war. Wie sollte ich das Ding denn installieren und bedienen, wenn ich das dumme Buch nicht bekam?

Nach mehr als einer Woche peinlicher Gespräche und Beschwerden meinerseits und einiger Telefonate des jungen Mitarbeiters, zog ich mürrisch von dannen, und erfuhr letztendlich von einem Bekannten die Neuigkeit, die mein Leben fortan veränderte: ein Handbuch besteht nicht mehr aus Papier, sondern schlicht und ergreifend aus einer CD. Na, wie gesagt der Mitarbeiter wusste wirklich noch weniger als ich!!!!

Schnell lernte ich, dass manche Frauen dazu neigen, von Online auf real etwa 20 Kilos zu zunehmen, oder ein bis zwei Kinder mehr haben, und einige Männer, die Online 180cm groß sind, mir in Wirklichkeit nur bis zur Schulter reichen würden. Ich begriff, dass viele Männer dazu neigten, ihre Eheringe nicht nur abzustreifen, sondern zu verleugnen. Ich kapierte, dass „ich melde mich gleich wieder" mit „in einigen Tagen oder aber nie" gleichzusetzen war. Ich selbst beschrieb mich immer so furchtbar und so schlecht es nur ging, damit es nicht zu einem „Oje DAS ist sie nur" Date kam, sondern eher zu einem Aha-Erlebnis ... mein zu geringes Selbstbewusstsein ... (auch so eine Krankheit, ist mir schon klar). Aber das Allerwichtigste für mich war: Humor – funktioniert schriftlich nur sehr bedingt. Ohne Mimik, Gestik und einem Lachen klang alles so viel härter. Also wurden Anführungszeichen, Klammern, Sternchen und Smileys zu meinen wichtigsten Tasten, wenn ich online war, OK auch wenn nicht.

Dass es allen Ernstes auch einen Mann gab, der zu einer ersten Verabredung seine Bügelwäsche ins Cafe mitbrachte, glaubt zwar keiner, ist aber allen Ernstes so gewesen. Ich habe allerdings weder gebügelt noch etwas anderes getan, aber danach sehr gelacht!

Einmal bekam ich ein Bild zugesandt, das nachweislich aus einem Versandhauskatalog stammte, nicht nur, dass mich so ein Typ Mann ohnehin nicht interessiert hätte, war's einfach nur dämlich, was hätte er denn real bei einem potenziellen Treffen sagen wollen? Kosmetische OP ist leider verschoben worden?

Dass ich lange Zeit dazu neigte, meinen PC auf eine Art abzuwürgen, die sehr unüblich ist, sei auch noch erzählt. Ein Musikplayer, eine Playliste mit etwa 500 Titel und dann klickt man „alle abspielen" an, ja klar alle, nacheinander!!! nicht GLEICHZEITIG! So killt man beinahe jeden PC früher oder später! Wobei die Faszination, dabei zuzusehen wie der Player sich 500x in Sekundenschnelle öffnet, auch nicht ganz ohne Reiz ist!

Erst kürzlich bei einem Onlinespiel, das nur sehr dürftig funktionierte, kam meine spontane schriftliche Aussage: „offenbar erlaubt man an den Wochenenden je Land nur fünf Usern das Spielen ☺ ☺ ☺ trotz aller Grinsegesichterln völlig falsch an, und der Supportmitarbeiter, der die Anfrage in holprigem Englisch in die Hände bekam, den hätte ich unglaublich gerne selbst gesehen! Aber bitte, wer ahnt denn, dass so ein dummer Scherz jemanden dazu bringt, sich ob dieser „Ungerechtigkeit" beim Support des Spieles zu beschweren, und zu verlangen, dass diese Zahl von fünf ganz deutlich erhöht werden muss??!!

Meine erste Arbeitsstelle im Bereich EDV verdanke ich einem Bekannten, der für mich eintrat, damit ich mich vorstellen durfte, und meiner Begeisterungsfähigkeit. Ich war keine große Sensation in diesem Job, das ist mir schon klar. Aber meine Begeisterung über das, was „unser" Programm alles konnte, war beinahe grenzenlos. Vielleicht brauchte man jemanden wie mich, um die ansteckende Begeisterung auf andere überspringen zu lassen, doch als ich später einem mir zukünftig Vorgesetzten das Programm erklären sollte und eine kleine Demo mit ihm machte, war ich zwar nervös (mein Hierarchiedenken ist leider so programmiert), aber so begeistert, dass er zwischendurch mehrmals fragte ob ICH das Programm erstellt habe, da ich so fasziniert davon sei. Aber nein, keineswegs, aber wenn mich etwas fasziniert dann restlos, und das sieht JEDER der es sehen will, oder eben nicht. In jeder Lebenslage, immer und überall, ob mir das nun passt oder nicht, jeder kann sehen, wenn ich von etwas positiv angetan bin, oder etwas nicht mag. Manchmal hätte ich das gerne versteckt, aber selbst heute schaffe ich es fast nie, einfach neutral zu wirken.

Leider neigte ich auch dazu, all meine Wehwehchen zu „googeln". Genial, welche Krankheiten man findet, wenn man nur drei lächerliche Symptome eingibt. Als ob ich nicht genug eigene Krankheiten gehabt hätte!! Zum Glück hielt sich diese Phase nicht allzu lang, denn als mein Sohn in meinen internetgeschädigten Augen plötzlich zugleich an Malaria, einem Leberschaden, und Wundstarrkrampf erkrankte, erkannte ich schnell, dass ein Gang zu unserer lieben Hausärztin weit sinnvoller ist!

Ein großes Thema für mich ist – leider – die Medizin und was alles dazugehört.

In einem Krankenhaus wurde mir nach der Anamnese (Mutter gestorben, Sohn gestorben, Schwester schwerst behindert) der Bandscheibenvorfall, den ich hatte, „ausgeredet" und ich landete als Frau Ende 30 auf der Geriatrie (war dort das einzige Bett frei??). Okay, den Altersschnitt habe ich deutlich gesenkt, aber ich hatte auch ziemliche Angst vor der Dame im Gitterbett neben mir, die Nachts immer die Russen kommen sah und mir immer wieder flüsternd befahl, ich solle noch rasch die Karotten vom Feld holen!

Vielleicht hätte ich den dummen Satz während der Anamneseerstellung: „Wir haben krankheitsmäßig wirklich einiges im Angebot in unserer Familie" besser schlucken sollen, aber selbst heute gehe ich noch davon aus, dass man es als Scherz versteht, wenn ich mit den Fingern Anführungszeichen zeige und dabei lache – ist aber meist nicht so. Und schwarzer Humor ist grundsätzlich so eine Sache!

Den bereits erwähnten Bandscheibenvorfall trug ich lange mit mir herum, viele Ärzte meinten, das sei ausschließlich psychisch und ich solle mehr positiv denken, und abnehmen, und, und, und ... Monatelang hatte man mir gesagt: „Das reden Sie sich nur ein, Sie haben psychische Probleme aufgrund Ihrer Vorgeschichte". Meine Vorgeschichte war mein Sohn und sein Tod – so schnell wird aus einem Kind also eine „Vorgeschichte". Irgendwann glaubt man also selbst daran, dass man ein wenig „Gaga" im Kopf ist!

Dennoch wurde ich endlich auf eine Kur geschickt, dort stellte man relativ rasch fest, dass ich bereits eine fortschreitende Lähmung hatte und jede Kur somit sinnlos war. Völlig entgeistert fand ich mich und mein Gepäck in einem Rettungswagen wieder, fragte verdutzt wohin es denn nun ginge und hörte: „Landesnervenklinik Salzburg!!!" Ich hatte nur das Wort Nervenklinik registriert und nicht genauer überlegt, dass ein Bandscheibenvorfall natürlich eine neurologische Angelegenheit war. Total panisch schrieb ich also – unter der Decke im Rettungswagen – heimlich eine SMS an meinen besten Freund *liontari*, damit er wisse, dass ich bald „eingesperrt sein würde" und ob er mich gegebenenfalls befreien/besuchen/retten könne. War damals nicht witzig, ich sah mich immerhin schon beinahe in der Zwangsjacke, aber schon bald darauf lachte auch ich herzlich über das Missverständnis. Dort stellte man wunderbarerweise nicht mehr im Geringsten in Frage, dass eine Operation schon sehr dringend notwendig sei.

Auf dieser Station befanden sich beinahe nur Patienten, die so wie ich Operationen knapp vor oder knapp hinter sich hatten, beinahe alle am Rücken leidend. Keiner konnte sich bücken! Aber der doofe Kaffeeautomat hatte seine Becherausgabe in etwa Kniehöhe. Sehr hilfreich stand uns dabei ein leicht verwirrter, aber unsagbar herzlicher junger Mann von einer anderen Station bei, holte uns eifrig Kaffee, schloss unsere Schuhbänder, wenn wir sie nicht selbst binden konnten und ähnliche Nettigkeiten, die unter unserer Reichweite lagen, aber dadurch war er immer mit mehr als ausreichend Kaffee als Dank versorgt!

Da ich seit meiner Kindheit meist vor einer OP weniger Angst habe, als vor der Narkose, denn irgendwie scheine ich da immer wieder sehr massive Schwierigkeiten mit dem Wiederaufwachen zu haben, ergab sich folgende Situation:

Mit den schicken Stützstrümpfen, einem netten Pillchen und dem hinten offenen OP-Hemd bestens gerüstet, wartete ich darauf, zum Operationssaal gebracht zu werden. Wie immer, wenn es dann soweit ist, keimte

126

dann kurz davor die Panik in mir auf – Pillchen hin oder her. Ich selbst erinnere mich nicht daran, aber es wurde mir erzählt, dass ich dem Chirurgen vor der letzten Gutenachtspritze noch kundgetan habe, dass die OP nun wertlos sein, weil ich ja wieder völlig normal ohne Hilfe gehen könne. Er grinste daraufhin und meinte, solche Wunderheilungen gäbe es oft vor Operationen, ich sollte ihm doch bitte zeigen, wie gut ich aufstehen kann. Angeblich fuchtelte ich wild mit den Händen und sagte: „So, sehen Sie, ich kann ja stehen und gehen!" – und war stinksauer über das Gelächter. Ich wurde zum Glück operiert, und kann gehen und stehen, aber ein Wetterfrosch bin ich geblieben, nasses Wetter spüre ich auch heutzutage meist schon einen Tag vorher.

Als ich nach einem Sturz – Jahre später – im Krankenhaus landete … ein haardünner Riss im Knochen und ein volleyballgroßer Bluterguss, der einer gewissen Theatralik nicht entbehrte, brachte einen anderen Chirurgen dazu, mich unbedingt operieren zu wollen. Ich hatte eine geradezu hysterische Angst davor, weil man mir eingebläut hatte, mit Blutverdünnungsmedikamenten solle man sich vor Operationen hüten, die nicht lebensbedrohlich sind (oder zuvor einige Tage die Medikamente absetzen).

Also fragte ich verzweifelt, was denn passieren würde, falls ich die OP nicht zulasse, also ob es böse Folgen geben könnte. Der Arzt schaute mich entrüstet an und meinte: „Nein gefährlich ist es nicht – aber SCHÖN wird das sicher nicht!". Nun bin ich ja ohnehin keinem Modemagazin entsprungen, Hollywood hat auch keine allzu große Sehnsucht nach mir, also schob ich ohne groß nachzudenken das andere Hosenbein hoch und zeigte auf mein Bein mit den Worten: „Na ja, so rasend schön ist das andere Bein ja auch nicht!"

Ich wurde nicht operiert, habe unterschrieben, dass ich niemanden dafür haftbar mache, wenn mein Bein nicht schön bleibt (als ob es das vorher war!) und zwei Stunden später war der Psychiater bei mir „weil ich mich nicht mag".

Doch Herr Doktor, ich mag mich, lebe gerne, aber ehrlich, die kleine Beule, die zurückblieb, hat in meinem Leben nichts geändert. Und sich selbst realistisch zu sehen bedeutet nicht, dass man sich nicht mag, aber zu füllige Beine im Alter um die 40, dafür gehe ich kein Risiko ein!

Psychologen und Psychiater sind ohnehin so ein Thema. Steht in deren Berufsbild als wichtigste Voraussetzung Humorlosigkeit?

Auf einer Reha, die ich machte, trat ich also mein erstes Gespräch mit einer sehr jungen Dame dieses Berufstandes an.

Vor ihr lag meine dicke, nicht zu übersehende, ausführliche Krankenakte (ich hab da ja einiges zu bieten) und sie meinte, dass sie nun „wisse" wie mein Leben so abgelaufen sei (Irrtum junge Frau, nicht mal „ahnen!"), wie ich denn das alles meistere.

Ich antwortete höflich, dass meine Mutter mir in Kindheitstagen immer gesagt hatte: „Wenn Du im Leben nichts mehr findest zum zu lachen, dann solltest Du Dich beizeiten erhängen, also versuche an allen – noch so schlimmen Situationen – das zu finden, worüber du lachen kannst, wenn Du es suchst, findest Du es auch."

Natürlich war das ein *Spruch*, und genauso erzählte ich es auch der jungen Dame, mit einem symbolischen Anführungszeichen und einem Lächeln.

Als die Dame recht entrüstet war, dass ich auf ihre Frage nach meiner Nachkommenschaft erklärte, dass ich zwei Söhne habe – und anfügen wollte, dass mein jüngerer Sohn nur leider nicht mehr lebt, unterbrach sie mich allerdings sofort nach dem Wort „zwei“ und berichtigte, dass ich nur ein Kind habe, und meine Einstellung ungesund sei.

Liebe junge Frau Doktor, haben Sie inzwischen – Jahre später – selbst Kinder, können Sie sich heute vorstellen eines davon nicht mehr zu erwähnen?

Niemand, der so geliebt wird, kann so sehr sterben, dass er nicht mehr erwähnenswert ist, und DAS ist gesund!

Wenige Tage später stand in meinem Befund, ich sei potenziell suizidgefährdet und nehme die Wahrheit nicht als solche an – danke, sehr hilfreich bei einer alleinerziehenden Mutter!

Also mein Humor ist sicher nicht Jedermanns Sache, aber gefährlich ist er sicher auch nicht, er hat mich viele Jahre vor dem Verzweifeln bewahrt.

Auf derselben Reha wurden mir Medikamente verabreicht, die grundsätzlich dazu gedacht sind, das Blut schneller fließen zu lassen oder mit mehr Druck (keine Ahnung). Jedenfalls sollte es bewirken, dass eventuell die Teile im Gehirn, die durch einen Schlaganfall beeinträchtig sind, wieder durchblutet werden. Es verstärkt jedenfalls die Durchblutung gewaltig. Ich sag's gleich, was nicht mehr funktionierte, klappte auch danach nicht mehr, denn diese Medikamente bewirkten nach mehr als einem Jahr – nach dem Vorfall im Gehirn – scheinbar nicht mehr so viel, und gewisse Handicaps (vielleicht nahm mich einige Zeit selten jemand ernst damit, weil ich das Wort stur mit Y statt I schrieb) sind geblieben.

Aber es hatte eine andere Wirkung, mit ein wenig Phantasie kann man sich vorstellen, dass andere Regionen, die stärker durchblutet werden, recht aktiv werden. Und es wurde durchblutet!

Schon am ersten oder zweiten Tag stellte sich mir ein schätzungsweise 70jähriger Herr vor, der mich freundlich fragte, ob ich auch besagtes Medikament bekäme. Im zweiten Satz machte er mir überdeutlich und mit ausholenden Gesten klar, dass gewisse Funktionen seines Körpers nun besser funktionieren, denn je! Das war mehr Information, als ich jemals von ihm wollte! Sein Angebot, dies zu überprüfen lehnte ich dankbar ab.

Nach einem Abendessen saß ich mit meinem Zimmerschlüssel noch im – damals gab es so was wirklich noch – Raucherzimmer der Klinik und einige Herrschaften mit mir. Später am Abend klopfte es an meiner Zimmertüre und ein strahlender Herr stand davor. Er stellte sich sehr höflich vor und erläuterte erfreut, er habe mein Signal erhalten. Toll – welches Signal bitte? Er klärte mich darüber auf, dass mein deutlich auf dem Tisch liegender Schlüssel, mit der gut sichtbaren Zimmernummer quasi eine Einladung sei. Das klärte ich auf – ich hasse nun mal schon mein Leben lang Handtaschen, und von einem Signal wusste ich gar nichts.

In den folgenden Wochen habe ich sehr viele Leute gefragt, ob sie etwas von einer solchen Sitte wüssten. Resultat: bis auf zwei Herren meinten alle männlichen Befragten, das sei ein deutliches Signal. Bei den Frauen gab nur eine zu, das Signal zu kennen und auch zu verwenden. Die Schlüsse, die man aus meiner kleinen Umfrage ziehen kann, sind sowohl breit gefächert als auch nicht uninteressant, weitere Gedanken dazu überlasse ich gerne dem werten Leser.

Mein persönlicher Vorschlag: Sprechen hilft viel!

Kaum ist man in solch einer Klinik angekommen, werden, meist sogar ungefragt, wie ein Lauffeuer die wirklich „wichtigen" Dinge verbal auf einen losgelassen: Wo gibt's den besten Kaffee, wo darf man noch rauchen, Konditorei – welche und wo, Preise des Buffets und gibt es Tanzlokale, wenn ja welche Musik und wie lange geöffnet, braucht man einen Ausgangsschein?

Interessanterweise sind Frau und Herr Österreicher oft nicht in der körperlichen Verfassung, sich einen lächerlichen Tee selbst vom Teewagen zu holen, vor lauter Schmerzen, aber tanzen können die meisten davon recht gut, abends in einer meist nur von Kurgästen besuchten Disco. Fragt sich, ob nicht genau auch das bei vielen Krankheitsbildern zur Rehabilitation gehört.

Ich blieb sechs Wochen in dieser Klinik, und nach vier Wochen ging die Masseurin, die meinen Rücken durchackerte, in Urlaub, mir wurde also ein anderer Masseur zugeteilt. Ein Mann, zu einem Zeitpunkt als ich beinahe alle Männer unter 60 bereits unwiderstehlich fand, (Durchblutung – wie gesagt) da stand plötzlich ein dunkelhaariger, blauäugiger Hüne vor mir, der mir sagte, ich solle den Bademantel ablegen.

Alleine seine Stimme machte mir eine Gänsehaut, wie peinlich. Als ich sagte ich wolle eventuell doch keine Massage, fand das die etwa 80jährige Dame nach mir sehr prickelnd, sie würde gerne meine Einheit mit in Anspruch nehmen ... was doch die Durchblutung alles ausmacht.

Der junge Feschak aber grinste und meinte, ich wäre nun mal dran, und welche Medikamente ich bekomme, wüsste er auch. So rot war mein Kopf sicher 6 Wochen lang nicht mehr ... Während der Massage zitierte ich im Geiste „John Maynard"

Das sinnloseste Gedicht aus meiner Schulzeit half mir, die halbe Stunde zu überstehen.
Mein Bedürfnis nach Harmonie und Freundschaft, nach „Jedem soll es gut gehen" und das Gefühl, das Menschen

in mir auslösen, die unglücklich sind, bringt mich auch immer wieder dazu relativ spontan Dinge zu tun, die ich vielleicht manchmal besser gelassen hätte.

Auf dem nächtlichen Weg zu meinem Zimmer in einer Kuranstalt, schleppenden Ganges, der Rücken schmerzte noch sehr. Aus dem Turnsaal höre ich die „gequälten" Aufschreie einer Frau und das „schmerzvolle" Stöhnen, nachts im Turnsaal ... so etwas Verrücktes nachts hier Sport zu machen, niemand würde die arme Verletze bis zum Morgen finden. Also sofort kehrt gemacht und so schnell es mir eben möglich war, eilte ich ihr zur Hilfe, naja der Herr der sich bereits sehr, sehr intensiv um sie bemühte, war sicherlich erfolgreicher ohne meine Anwesenheit, also drehte ich mich hochroten Hauptes um und wollte möglichst dezent verschwinden, aber man hatte mich bemerkt und DAS war wieder weniger hilfreich für die beiden, aber es war, bis ich aus Hörweite verschwunden war, bis auf ein unterdrücktes Lachen hinter meinem Rücken, sehr still! Kuren und Reha-Aufenthalte dürften auch ohne lustige Medikamente für viele Personen zur Anbahnung genutzt werden! Nähe auf Zeit?

Bei einem Blick aus meinem Küchenfenster der dazu diente, festzustellen ob der strömende Regen endlich aufgehört hatte, sah ich auf einer nassen Bank nahe dem Kinderspielplatz eine Frau – etwa in meinem Alter – sitzen, die wirklich herzzerreißend weinte. Aus der Entfernung nahm ich wahr, dass ihr ganzer Körper geschüttelt wurde unter den Tränen und der offensichtlichen Verzweiflung. Ein Teil von mir dachte sich zwar: „Lass es bleiben!" Aber der andere Teil zog bereits Schuhe an und war durch das nasse Gras unterwegs zu der Armen. Im schlammigen Boden – es hatte tagelang geregnet – hockte ich vor ihr nieder und fragte, voller Bedürfnis zu helfen: „Kann ich behilflich sein? Brauchen Sie einen Arzt oder einfach nur ein Ohr?".

Brüllend sprang sie auf, schrie mich an, was ich von ihr wolle, ich solle sie in Ruhe lassen. Was bildete ich mir denn ein … Ich erschrak so sehr, dass ich nach hinten plumpste und von Kopf bis Fuß wie eine Schildkröte am Rücken im Dreck lag – nicht etwa, dass sie mir nun aufhalf, nein sie tobte weiter, auch noch, als ich mich mühsam wieder aufrappelte und verdreckt in meine Wohnung zurückkehrte, schrie sie wild. Okay, ich konnte ihr nicht helfen, aber immerhin weinte sie auch nicht mehr!

Dass ich bei einem Schlichtungsversuch eine Ohrfeige bekam, weil ich zwischen die Kampfhähne geriet ist vermutlich nicht verwunderlich, aber seitdem versuche ich, mich nie zwischen Streitende zu stellen.

Auch, dass ich einer Frau helfen wollte, die wüst beschimpft und körperlich sehr bedrängt wurde von ihrem Partner, mitten in einem Schwimmbad, ist typisch für mich. Zum Glück waren ja auch genügend andere Personen da, die mir im Notfall helfen würden (ja so stellte ich mir das vor) … ich löste wieder mal nur Gelächter aus, als die Dame mir erklärte, das sei ein erotisches Rollenspiel! Ich fragte mich ernsthaft, woran man jemals erkennen sollte, wenn jemand wirklich Hilfe braucht, sie spielte ihre Rolle verdammt gut. Rollenspiel zum Anheizen mitten im Schwimmbad mit Publikum, ja, jeder soll auf seine Weise glücklich werden. Aber – hatte ich nicht schon meinen Kindern immer erklärt – um Hilfe schreit man öffentlich nur in einem echten Notfall, sonst wird man nicht ernst genommen.

Seit nunmehr über sieben Jahren bin ich außerhalb meiner Wohnung auf eine Begleitperson angewiesen, da ich nicht mehr straßenverkehrstauglich bin. Das brachte eine Isolation mit sich, die nach einigen Jahren ganz und gar nicht mehr gesund war. Viele „Freunde" haben sich verabschiedet, besonders jene, die jahrelang davon profitiert haben, dass ich gerne organisierte (Kartenspielen, Kinorunde, Tanzabende, usw.). Als ich nicht mehr mobil und „frei" war, änderte sich das natürlich und es wurde unpraktisch mit mir befreundet zu sein.

Neue Leute kennen zu lernen – etwa übers Internet – war schwierig, wollte ich doch keinem Fremden meine Adresse geben, und schon gar nicht erklären, warum ich abgeholt (auf MEINER Straßenseite) und heimgebracht werden musste. Und gerade ich Feigling würde nicht so einfach bei einem Fremden ins Auto steigen – noch dazu sind einige meiner Defizite gerade beim Autofahren recht auffällig.

Wie mir mal jemand sagte, müsse man mich schon ziemlich mögen, um länger als eine halbe Stunde mit mir als Beifahrerin unterwegs zu sein.

Es mag aufregend klingen, ist aber lang nicht so witzig wie es klingt, wenn man beispielsweise auf der Autobahn einen Betonklotz sieht (in Wirklichkeit hat nur der Asphalt eine andere Farbe) – natürlich ist die Wahrscheinlichkeit gleich Null, dass ein Betonklotz dort liegt, leider sind aber die Reflexe (der Schreck) weit schneller als die Logik.

Andererseits was nützt die Logik? Da mit meinen Raumwahrnehmungsstörungen jedes Auto direkt auf mich zukommt – ob langsam oder schnell, ist für mich nicht wahrnehmbar – gehe ich logischerweise davon aus, dass dem nicht wirklich so ist. Als vor einigen Jahren also am Gehsteig ein Auto auf mich zurollte, ignorierte ich das geflissentlich – kann ja nicht sein, das nehme nur ich falsch wahr.

Ich visierte es kerzengerade an, aber dass es WIRKLICH auf mich zukam, bemerkte ich erst, als der Fahrer aus dem Wagen sprang, mich wüst beschimpfte und mich fragte, ob ich denn blind sei.

Oder – der knallgelbe Postkasten an der Hauswand – klar, den sehe ich schon, nur wie weit er entfernt ist, kann ich nicht wahrnehmen, also konzentriere ich mich voll darauf, strecke ganz leicht die Hand in die Richtung (diese Haltung bringt mir übrigens ab und zu den Ruf ein, ich sei affektiert), bin dann selig und stolz, dass ich den Briefkasten ohne Schaden passieren konnte ... und knalle in einen übergroßen Blumentopf der am Boden steht – der ist vor lauter Konzentration auf den Briefkasten einfach nicht bis in mein Hirn vorgedrungen.

Diese und einige ähnliche Situationen brachten also mit sich, dass ich die Wohnung alleine gar nicht mehr verlassen konnte.

Und in Begleitung habe ich mir angewöhnt, einen kleinen Schritt seitlich hinter meiner Begleitung zu gehen, und beobachte dann ununterbrochen die Schritte der anderen Füße um zu erkennen, wo Stufen oder Hindernisse sind – mit großer Vorliebe latsche ich dann, statt auszuweichen, in tiefe Pfützen.

Auch hier habe ich gelernt, oft zu lachen. Im Grunde sind viele Situationen, in die ich komme, ja witzig. Okay, manche erst nach einiger Zeit, wenn die blauen Flecken verschwunden sind, aber da man mir meine Defizite nicht ansieht, kommt schon ab und zu eine Slapstick-Situation zustande.

Da meine Konzentration ausschließlich nach vorne gerichtet und mein Sichtfeld deutlich eingeschränkt ist, passierte es auch einmal, dass mich eine liebe Bekannte von hinten ansprach und leicht meine Schulter berührte, um sich bemerkbar zu machen. Vor Schreck schoss ich, ohne es zu wollen, mein Buttermesser mehrere Frühstückstische weit durch einen Speisesaal. Zum Glück ohne Menschenopfer.

All das bringt es mit sich, dass nur an einer Hand abzählbare Freundschaften/Bekanntschaften aus meiner gesunden Zeit übriggeblieben sind, und das finde ich sehr schade, denn ich bin ein sehr geselliger Mensch – tja, damit werde ich leben müssen, da neue Freundschaften aus obigem Grund meist gar nicht erst entstehen können.

Oft werde und wurde ich gemaßregelt. Man sagte mir, wie ich dies oder jenes besser machen könnte, wie mein Leben hätte verlaufen sollen/können/müssen. Wann ich wie, wo und in welcher Lage ganz anders hätte reagieren sollen. Wie seltsam, dass gerade Menschen, die in ihrem Leben keinerlei Schicksalsschläge erlebten, ganz besonders genau zu wissen meinen, was ich hätte anders machen müssen. Vor einigen Jahren fand ich ein unglaublich passendes Zitat, vom dem ich nicht weiß, wer es einst erdachte, aber ich verwende es sehr gerne:

Bevor Du urteilen willst über mich oder mein Leben,
ziehe meine Schuhe an und laufe meinen Weg,
durchlaufe die Straßen, Berge und Täler,
fühle die Trauer, erlebe den Schmerz und die Freude.
Durchlaufe all die Jahre, die ich ging,
stolpere über jeden Stein, über den ich gestolpert bin,
stehe immer wieder auf und gehe genau dieselbe Strecke
weiter, genau wie ich es tat.
Und erst dann kannst Du urteilen.

Meine Einstellung ist nach wie vor: Es hätte noch weit schlimmer kommen können – und nur mit Humor, viel Humor lässt sich dieses eingeschränkte Leben leben, eben auf meine Weise. Ich wünsche niemandem etwas Böses, und erwarte nichts weiter, als ein klein wenig Toleranz und Verständnis.

Denn ich bin immer noch – egal was passiert ist – die Frau, die gerne lacht, sich amüsiert, scherzt und gute Gespräche und interessante Diskussionen liebt! Der Mensch, der nie zu alt oder zu erwachsen sein wird, um nicht, wenn eine Blödelei oder ein sarkastischer Kommentar auf der Zunge liegt, diese nach wie vor ungebremst herausruft.

Mein allererster, gekonnt getanzter Boogie, vor gefühlten einhundert Jahren, daran erinnere ich mich noch ganz genau, war der Titel „Keep on smiling" von James Lloyd, englisch gesungen, eingängige Melodie, es blieb lange ein Lieblingslied von mir, das ich auch oft stundenlang durchgehend gehört habe, besonders wenn ich mich zwingen wollte, nicht zu verzweifeln, das Lied, durch das sich lange Zeit alle mailboxsprechenden Freunde von mir kämpfen mussten, um eine Nachricht hinterlassen zu können. Sicher hundertmal habe ich zu diesem Titel später getanzt und mitgesungen, auch heute löst dieser eigentlich nicht sehr bekannte Song immer Lebensfreude und Spaß in mir aus, ein kleiner Moment Urlaub vom Alltag. Erst in den 90er Jahren habe ich diesen Titel erstmalig in Deutsch gesungen gehört, wie die meisten Musiktitel dieser Art nicht gerade der hochgeistigste Text (den haben allerdings die wenigsten guten Musiktitel), aber einige Zeilen daraus, die sollte man sich vielleicht zu Herzen nehmen ... natürlich ist Lachen kein Allerheilmittel und Humor nicht die Antwort auf weitreichende Fragen, ganz sicher ist Lachen in manchen Situationen nicht angebracht ...

Aber niemand darf einem Menschen verbieten – und schon gar nicht sich selbst – sich das Leben durch Humor, und ab und zu mal ein hemmungslos lautes Lachen schöner und bunter zu machen, und es hält einen so wunderbar lebendig und jung im Inneren!

Ich nehme mir einfach die Freiheit einen Teil des Textes hier einzufügen:

Keep on Smiling
such dir die schönsten Dinge aus
und mach das Beste dir daraus.

Mach dir das Leben nicht so schwer,
lachend bringt es dir viel mehr.
Auch wenn du mal traurig bist,
und es dir nicht zum Lachen ist,
mach immer das, was dir gefällt,
dann gehört dir diese Welt.
Und der kleinste Sonnenschein,
scheint dann für Dich nur ganz allein.

Hey, Keep on Smiling,
such dir die schönsten Dinge aus
und mach das Beste dir daraus.

Sag niemals nein, sag nur vielleicht,
dann fällt dir das Leben leicht.
Halte nur zu jeder Zeit
ein kleines Lächeln dir bereit.
Lass dir nicht in die Karten schau´n,
sei nach außen wie ein Clown,
zeig ein lachendes Gesicht,
denn Tränen lohnen sich doch nicht.

JA, ich halte stets ein kleines Lächeln mir bereit …

… und ich bin der felsenfesten Überzeugung, dass jedes einzelne noch so kleine Lächeln und Lachen das Leben um so vieles schöner, leichter, sonniger und lebenswerter macht! Viele Tränen müssen geweint werden, das kann keiner von uns ändern – aber bitte kein Lachen unterdrücken, es wäre so unendlich schade drum!

Ich bin meinen Eltern unendlich dankbar, dass Humor immer und in jeder Lebensphase untrennbar auch zu mir und meinem Leben gehört hat, weil sie es mir so beigebracht haben! Er hat so vieles einfacher, erträglicher, schöner und bunter gemacht!

ENDE